Three brothers of Evestrum

◆

《落雪王妃與春之覺醒》

落花王子的婚禮 2

落雪王妃與春之覺醒

Presented by
Yoichi Ogami with yoco

尾上与一 | illustrator yoco

目次

那顆寶石彷彿將全世界的初夏都凝縮在了其中。

大臣捧著水面般的銀盤，將一枚綠色戒指呈到利迪爾和他的伴侶，古辛王的面前。

戒指上鑲著一顆果實般大的祖母綠寶石，其光輝既像淋過春雨的新綠，也像攢滿光芒的針葉束，又或是吸收日月精華的青苔。陽光從高聳的石拱門灑進殿內，將細膩而平整的寶石表面照耀得閃閃發光，看上去有如密林中從枝葉縫隙灑落的陽光，光輝越往內部越是濃密，彷彿將夏日空氣凝合在了一起。

這是一顆世間獨一無二的深綠寶石，在稀有寶石「摩爾」中屬於特大尺寸，不僅光芒四射，成色也十分深沉。

大臣將鑲在純金戒臺上的寶石，呈予利迪爾和古辛王。

這顆摩爾是利迪爾的祖國埃維司特姆的國寶，之前因為某些原因一直埋藏於利迪爾體內，之後又因為某些原因被取出。

利迪爾戴著頭紗，一頭金色長鬈髮傾瀉在背後。他凝視著王，一雙水潤的綠眸和那顆摩爾如出一轍。

年輕的伊爾・迦納王古辛穿著一身正裝，看上去有如神話中的王者。他既是一國之君，也是神官。

王有著一身小麥色的肌膚，以及一頭編起來的烏黑長髮，一雙黑曜石般的璀璨眼眸清楚照映出利迪爾的面容。鼻子高挺，大大的嘴巴帶著爽朗之氣。體魄高大而結實，身上穿著繡有金銀刺繡的厚料祭服。巨大的金色耳飾巧奪天工，閃耀著日光般的燦爛光芒。每當他動一下，脖子上的王印項鍊、戴在兩隻手腕上的祝福手鐲就會叮噹作響，發出有如從天而降的夢幻樂音。

王用細長的眸子瞥了一眼那枚戒指，沉而有力地對大殿裡的來賓宣布道。

「這顆寶石本是埃維司特姆王國的國寶，如今已正式讓渡予我伊爾・迦納王國。此神聖寶石得我——古辛・拉毘・佐哈爾・亞雷古埃達斯所授，著封為吾國之寶，賜名『阿芙菈之石』。」

站在最前排的大臣轉過身去，舉起一幅展開的卷軸，上面記述有寶石讓渡的旨意，還用王族專用的特別文字寫了一大段祝福語，最後蓋上埃維司特姆王的御璽和親筆簽名。

「黃金恆久，誠心永傳，我已命人將此寶石鑲於純金戒臺上，製成戒指，賜予利迪爾．烏尼．索夫．斯瓦堤王妃。」

大臣畢恭畢敬地捧著銀盤，古辛王則從銀盤上拿起那枚大小適中，華麗卻不失優雅的戒指。

利迪爾頭上戴著繡有金色細邊的長頭紗，輕輕向古辛屈膝行禮，端莊地伸出左手。

王褐色的指頭牽起利迪爾白皙的手，將戒指套入他的食指。

左手食指是「王妃指」，也是「睿智指」。

這枚戒指代表他是一國王妃，也是睿智的「王屬魔法師」。

這顆寶石是利迪爾母親的遺物，王為它打造一座專屬戒臺，該戒臺是由高檔次的純金製成，和這顆來歷不凡的寶石十分相稱。

戒臺上刻著古老的祈福圖樣。那是一道誓言，說的是世上連同神界共有五個階級，無論兩人之後轉生到哪一個階級，都必須相守相愛。

王將戒指推至指根，凝視著利迪爾的眼神中盡是憐愛。利迪爾被他的微笑感動得熱淚盈眶，好不容易才忍住淚水。

當王走上寶座轉向大臣，殿內也響起了如雷的掌聲。

許多賓客特地從他國遠道而來，為的就是一睹這位年僅十八歲的「魔法王妃」真面目。這些人不是王族就是貴族，個個都打扮得耀眼奪目，抬頭挺胸地坐在位子上。殿裡飄蕩著祈福香的煙氣，每當驅魔金幣灑落在地，則閃動著耀耀金光。

這天舉辦的是王妃的戴戒儀式。

埃維司特姆的國寶摩爾在正式轉讓為伊爾·迦納的國寶後，就此贈予利迪爾王妃。在此等大喜之日，兩國情誼不僅變得更加深厚，這枚母親留下來的戒指也正式物歸原主。帶著王的誓言與愛意，在純金戒臺的伴護下，回到利迪爾手上——

就在這時，有人敲響了金屬小盤，將只開在空中的紅色魯西托沙楠花一把拋起。隨著橫笛樂音響起，他們將爆裂的白米灑在地上，只見天上掛著許多七彩薄衣，有如天仙服一般飄舞。

一道晶亮的陽光從門窗射入殿內，將緋色地毯照耀得彷彿要起火似的。

場面莊嚴而清淨。

號角齊鳴，古辛走下樓梯來到利迪爾身邊，兩人相依走出儀式大廳外。

利迪爾與王來到側邊的休息室門口後，殿內傳來陣陣喧囂聲。原來是之後要徹夜舉辦宴會，賓客正往另一個會場移動。

女官推開左右兩扇厚重木門，利迪爾則跟在王身後走進房間。

「吾王——古辛。」

還沒等門關上，利迪爾便迫不及待地呼喊了王的名字。他噙著淚水轉過身，哽咽得說不出話。

「怎麼了？愛妃。」

「……我好高興。」

此時的利迪爾百感交集。感謝、欣喜、愛意、尊敬，彷彿要把他的心撐破似的。情緒波動讓他從指尖湧出了魔法之花，無處可去的情緒全化作淡粉色的花瓣，不斷從手上飄然散落。

那是利迪爾的魔力。平常可以控制自如，但今天實在沒辦法，此時的他已高興得無法自持，只能放任淡粉色的花瓣隨著澎湃的情緒不斷湧出。

王將手伸進頭紗，捧住利迪爾那滿是淚水的臉頰，彎下腰吻去他臉上的淚珠。

戴上戒指那一刻，回憶從利迪爾的心頭一湧而出，腦海裡不斷掠過與古辛一同走過的每一個瞬間。

當初利迪爾完全沒料到事情會發展成這樣。

他本是埃維司特姆的三王子——雖為男兒身，卻偽裝成公主，代替姊姊來到武強國伊爾・迦納。抱著必死的決心，強忍著眼淚嫁到異鄉。

世界上有兩種國家，一是以魔法立國的魔法國，二是以軍事立國的武強國。

利迪爾的故鄉埃維司特姆就屬於魔法國。

他們召喚大地之魂，讓地面長出鬱鬱蔥蔥的草木；召喚水之魂，將地下水化作湧泉。將魔力分給枯瘦的樹木，讓枝頭長出肥碩的果實；借用風之魂的力量，讓風拂去穀物病害；用治癒之力平息疫病，維持國內清淨。

這種能將自然之魂納為己力的力量就稱為「魔力」，而能夠自由提煉操縱魔力的人，則稱為「魔法師」。

埃維司特姆是魔法師之國，王族擁有召喚和操縱魂的力量，國民也深受魂的恩惠。

也因此埃維司特姆是他國眼中的奇蹟之地。世上沒有比他們更為富裕和平的國家，不僅不受疫病侵襲，國民也不知饑荒為何物。然而大自然雖然賦予他們國力，卻沒有提供任何武力。埃維司特姆的魔法產量雖然十分出色，卻無法將魔力轉換為武力。

於是他們成了富足的弱國，若不採取措施就會被蠶食而盡，所以只能和其他國家聯手，用魔力換取他國的庇護。

說得具體一點，就是聯姻。

簡單來說，就是將擁有魔力的公主嫁予武強國，為負責戰鬥的王家供給魔法。而作為交換，娶了公主的武強國就必須負責保護魔法國。

對此武強國個個虎視眈眈，排著隊想要娶到埃維司特姆的公主。甚至威脅他們不交出公主就出兵征伐——

埃維司特姆在利迪爾出生前，曾答應將大公主嫁予伊爾．迦納。然而在愛迪斯帝國這個超大武強國的威迫下，最後只能打破承諾，先將大公主交出給愛迪斯帝國。

伊爾．迦納的前國王當然嚥不下這口氣，埃維司特姆國王，也就是利迪爾的父親只能苦苦求饒，承諾將下一個出生的公主嫁給對方。

然而下一個出生的公主過於體弱，甚至沒有將其出生公諸於世。只能將下一個出生的利迪爾王子偽裝成公主養大，等待下一個公主的誕生，沒想到之後其他王妃誕下的也是王子——

經過一番苦思掙扎，王室最後還是讓利迪爾披上嫁衣。

利迪爾很清楚總有一天會東窗事發，還是帶著赴死的決心坐上了出嫁馬車。

婚禮結束後的新婚之夜，他在洞房前向古辛坦承並道歉，表示這一切都是王室做的決定，請他千萬不要遷怒於埃維司特姆的國民，作為代價願意自刎謝罪。

然而古辛早就識破了他的身分。

他一副若無其事的模樣，對跪倒在地的利迪爾說。

——我早就知道你是王子了。

利迪爾至今仍忘不了當時古辛露出的落寞笑容。

為什麼他明知利迪爾是男兒身，卻還是願意娶他入門呢？因為他看中了利迪爾魔法師的身分——並且想要借用他的魔法學知識。

古辛是武強國伊爾．迦納的雷王。他的目的並不是傳宗接代。而是為了讓埃維司特姆的公主——作為魔力供給者的利迪爾，將自己的魔法攻擊力提升到最強。然而，這卻讓利迪爾落入另一個絕望深淵。

絕大部分埃維司特姆王室子嗣，都天生具有強大的魔力。然而利迪爾背上的魔法圓於幼時受到重傷後便無法運轉，導致他幾乎不具魔力。好不容易才練成手指生花之術。

除此之外就只有微乎其微的治癒之力。

他是一個沒有魔力的魔法師。而且還是王子。

在嫁給古辛之前，這並不算太大的問題。即便沒有魔力，身邊的人還是呵護備至，他也早就做好在新婚之夜赴死的準備。

無法誕下子嗣，也無法提供魔力。儘管如此古辛還是願意愛著他，說要與他長相廝守。

在這樣的他們身上發生了奇蹟。

偶然從利迪爾背上的傷口中取出這顆寶石。

這是丟失已久的母親的遺物。利迪爾後來才知道，是母親在他當初受傷時，將這顆寶石埋進了傷口裡。

於是利迪爾的魔法圓無法作用的原因被解決了。這十五年來，一直沉睡在利迪爾體內的寶石，經歷無數的悲劇與慈愛，如今則在手指上靜靜地閃耀著光芒。

古辛以利迪爾母親的名字，將這顆綠色摩爾——集慈母之愛於一身的寶石命名為「阿芙菈」。雖然這顆寶石已正式成為伊爾．迦納的國寶，但古辛還是以他國女王名字為其命名。不為別的，就是為了讓利迪爾能夠隨時隨地感受到母親的愛與守護，彌補他自小的喪母之痛。

看到這顆在手上閃閃發光的寶石，利迪爾喜不自勝。王親自下令打造戒臺的深切情意，更令他感動得熱淚盈眶。

「利迪爾……？」

利迪爾見高大的王不斷彎下腰溫柔地親吻自己，這才抬起頭來，含著滿眶淚水莞爾而笑。

「我覺得，今天好像才是我們的婚禮。」

「我們已經在一起一年，說這話未免也太薄情了。你不喜歡之前的婚禮嗎？」

「不是。只是真正的婚禮那天，我滿腦子都在想著如何向你賠罪。」

利迪爾其實沒有什麼婚禮的記憶，那天儀式時他一心只想著該如何向眼前的人道歉，要怎麼坦承才能降低他的怒氣，讓他放過埃維司特姆的國民。

在那之後，利迪爾受到各種陰謀詭計和謊言的迫害，還見證了惡毒的詛咒。兩人一同排除萬難，克服重重阻礙，終究產生超越夫妻之情的羈絆，如今兩人不僅是王與王妃，還是王與王屬魔法師。

「謝謝……謝謝你，吾王古辛。」

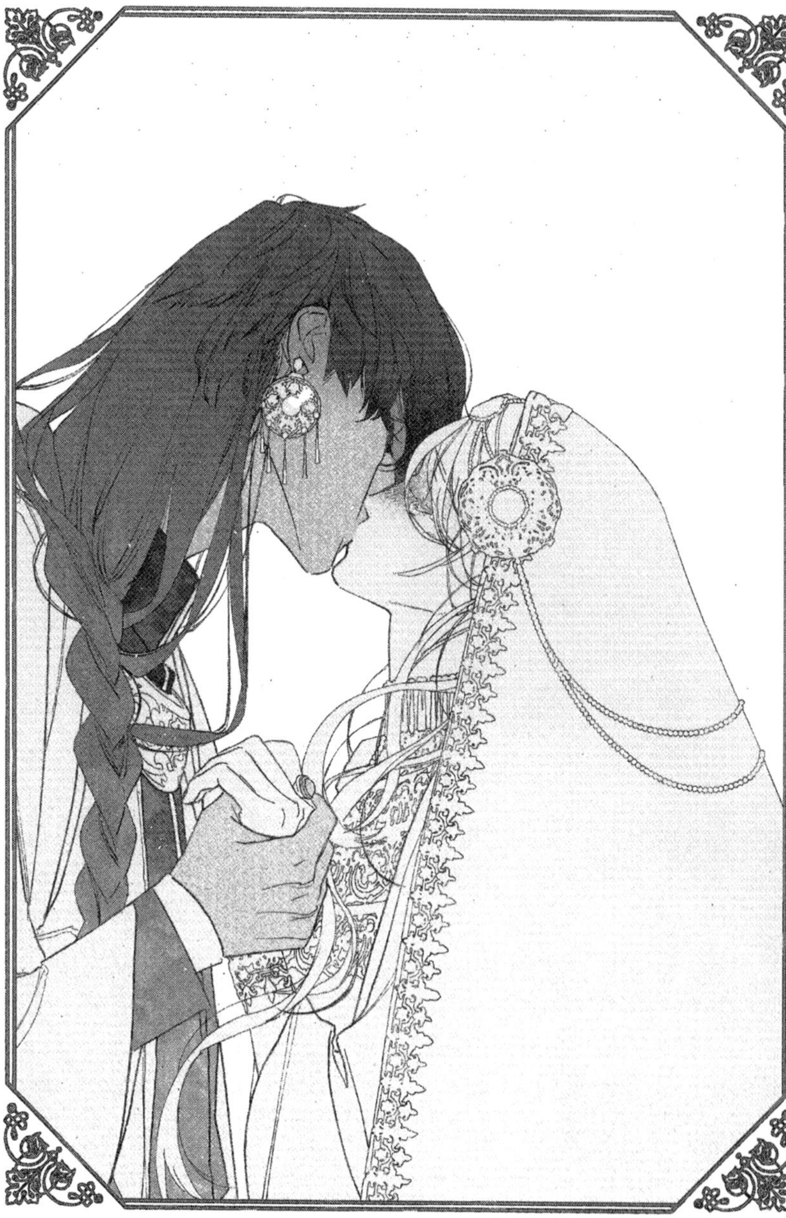

一直以來都是如此，古辛總能早利迪爾一步，找出深藏於他內心那最渴望的喜悅。幸福色的花瓣不斷飄落到利迪爾的腳邊，堆成一座小小的花山。

利迪爾伸手包覆住王的一雙大手，顫抖著肩膀。

「現在，很煩惱今晚該如何向你傳達我的心意。」

如今這顆寶石回到利迪爾的手上，其意義早已不僅止於母親的遺物。

這顆寶石是身為伊爾·迦納王妃的證明。也是守護利迪爾魔法師身分的魔法石，不僅能再次帶來魔力，還將成為增幅器，確保他未來的日子平安順遂。

「我很期待。」

王輕聲呢喃，隨後便有如立誓一般，恭敬地吻上利迪爾的唇。

窗外的城門附近閃爍著輝煌的篝火紅光。

利迪爾換下禮服，取下頭飾，像平常一樣坐在起居室的沙發上休息。他在雕有野獸的黑色木椅上疊了好幾個刺繡抱枕，愜意地靠在上面。身體驟然獲得解放，輕盈得彷彿要飄起來似的。儀式用的禮服沉甸甸的，布料十分厚實，那些象徵王妃的首飾和手鐲不是以純金製成，就是鑲有珠寶，長時間穿戴下來其實出乎意料地難受。

女官帶著一批侍女，將疊在內室裡的衣裝搬了出去。利迪爾望著更衣鏡裡的自己。王讚不絕口的金色及腰鬈髮、遺傳自父親的碧色眼珠、被說像小鹿一般渾圓的大眼。王總是說「你的鼻子尖得像隻小鳥似的」，然後面帶喜色地輕捏他的鼻頭。

利迪爾不算高，但伊爾．迦納人的體格本就較為高大健壯。古辛的身材又特別魁梧，若將他以女性看待的話，身材的確是較為高䠷，但在特別魁梧的古辛身邊看來還是位小鳥依人的王妃。

伊爾．迦納的裝飾風格厚重而華美。地上鋪著織功細緻的地毯。看著更衣鏡被侍女撤離後，利迪爾將視線轉向房間的深處。

「宴會還要很久才會結束嗎？」

他對著在房間角落泡茶的側近，名為伊多的男人的背影問道。伊多留著一頭爽朗的棕髮，眼珠是帶點綠的灰褐色。比利迪爾大六歲，是跟著他從埃維司特姆過來的隨從。他是個技術精湛的用劍高手，自小就跟在利迪爾身邊，當初也是抱著赴死決心跟著主人遠嫁於此。

「是呢，如今伊爾．迦納已成了貨真價實的大國。今天又是王家的喜慶之日，各國貴族都爭相前來祝賀，賀禮和拜賀之列連綿不絕。就連那些一年前對弗拉多卡夫搖尾乞憐的貴族，都若無其事地來參加了宴會呢。」

「若之後能和平相處，也是好事一樁。」

「是啊，只是很佩服他們的厚臉皮。」

自去年冬天打贏長年針鋒相對的弗拉多卡夫，如今轉眼也過了九次滿月。

伊爾．迦納平定弗拉多卡夫後將其納入國土，如今已差不多收拾好戰後殘局。弗拉多卡夫治安日趨平穩，正逐漸恢復生氣。

夏天才舉辦過昭告天下的平定典禮，今天又舉辦了利迪爾的魔法師宣誓和戴戒儀式。

在辦完一連串的戰勝儀式後，如今終於能歇一口氣，回歸新的日常生活。

「今後伊爾．迦納一定會變得更加國富力強。現在我國的魔法師，利迪爾殿下可是聞名遐邇，據說連鄰近國家都聽過名號呢。您說是不是啊，『落花王妃』？」

因利迪爾可以依照心意從指尖落花，不知不覺間大家都開始這樣叫他。眾人似乎都很喜歡這個美妙的暱稱，不僅是國民，就連其他國家的王公貴族都親暱地叫起了這個稱號。

「是就好了。」

「是真的，聽說王城外的女子因為仰慕您，個個都拿花走在路上。現在年輕男子求婚時，為了像王和王妃一樣恩愛幸福，都會送花給女方呢。」

「真的嗎？」

伊多為人老實，並非滿口花言巧語的諂媚之徒。他說的都是今天那些華貴之輩在席間不斷談論的閒話。

伊多將裝著清澈棕紅色茶水的茶杯端到利迪爾前方桌上，感慨地看著利迪爾。

「當初真的好難想像您會過得如此幸福。」

「也是多虧有你，伊多。」

「不，這是您自己爭取來的。放眼世上，有哪個王妃能像勇者一般，一馬當先解除王身上的詛咒呢。」

「那倒是。」

利迪爾不禁露出苦笑。

古辛之所以願意迎娶男子當王妃，其實還有另一個隱情。

他被人下了惡毒的詛咒，只要照到重疊在一起的雙滿月月光，就會變成一頭狂暴的巨獸。

這道詛咒會世代流傳。他不願禍害子孫，利迪爾是王子反而正好。古辛打算讓利迪爾用魔法幫他解咒，即便做不到，也希望他能作為魔法學家尋求解咒方法——這是結婚的另一個目的。誰也沒想到，利迪爾雖然不具魔力，讓古辛期待落空，最後卻作為劍士擊破了詛咒的源頭。就連城裡資歷最老的大臣薩奇哈都說，這個故事將被代代流傳，流芳百世。

即便解開魔咒，古辛仍堅持不納側室。他已看中一個出生於兄弟國利利爾塔梅爾，目前還是襁褓嬰兒的遠親，做好萬全準備，打算將其收為養子並立為太子。

伊多眼中泛起淚光。他望著利迪爾的眼神既溫柔又溫暖。

「真難想像，您就是當初那個把蜥蜴裝滿箱子，在大殿灑出來的人。」

「我記得這件事。」

那天利迪爾本想拿蜥蜴給來拜訪父王的大名鼎鼎魔法學家看，卻失手把箱子掉到地上，導致一堆蜥蜴在殿內四處逃竄，鬧得人仰馬翻。

「有一次還胡亂讓樹長高，砍斷後闖了大禍。」

「是呢。」

利迪爾想不起為什麼要那樣做，只記得有陣子每天都奮力對一棵樹注入魔力，不斷讓樹長高，當身邊的人發現時，那棵樹已經高到不知如何處置。最後砍是砍斷了，樹倒下來時卻把牆壁撞出一個大洞。

「看到您有今天，我真的好高興。」

「嗯。」

伊多用手擦了擦眼眶後，露出燦爛的笑容。

「寫信向母國報告您已恢復魔力，過著幸福快樂的日子時，我也感到與有榮焉呢。」

「那就好。你放心，我不會再把蜥蜴塞進箱子裡了。」

「那就謝天謝地了。」

兩人相視而笑，繼續閒聊一陣後，有人輕輕敲響房門。

「——啟稟王妃殿下，陛下即刻就要回房。」

前來秉告的，是王的側近卡爾卡。

他與伊多年紀相仿，一手掌管王身邊的大小雜事。頂著一頭榛果色的頭髮，臉蛋細長，皮膚微黑。

卡爾卡的個性一絲不苟，幾乎可用冷淡來形容，總是一針見血地說出事實，年輕能幹，頭腦清晰。做事方式與伊多相似，但伊多比他開朗親切多了。

「好的。卡爾卡你今天也辛苦了，晚上好好休息喔。」

「謝謝王妃殿下關心。但我之後還有事情要處理，恕難從命。王妃殿下，明天您還有謝函要寫，所以今晚務必好好休息，以免疲累而無法起身。」

「知道了。」

「那我先退下了。」

卡爾卡冷冰冰地說完該說的事情後，便離開了房間。

門關上的同時，利迪爾忍不住嘆一口氣。

伊多皺起眉頭。

「利迪爾殿下，我實在不太喜歡這個叫做卡爾卡的男人。」

「別那麼說嘛，伊多。卡爾卡雖然稱不上親切，但待我不薄。多虧有他我才能生活無虞。」

卡爾卡做任何事都是那種態度，但辦事細心周到，將利迪爾照顧得無微不至。想當初，利迪爾和伊多兩人相依為命，開始在人生地不熟的異國生活。幸好卡爾卡準備許多平衡兩國差距的用品，為利迪爾打理生活起居，才沒有受到異鄉生活的不便之苦。

「是沒錯，但我還是覺得他對殿下您太冷漠了。」

「會嗎？就朋友而言或許比較有距離，但卡爾卡對誰都是那個態度。」

「對陛下就不是那樣。」

「那當然，因為他是王。就如同我敬重古辛一樣，古辛在他眼裡是無與倫比的主上。」

「可是。」

「而且我覺得已經比一開始好很多了。畢竟對他而言，我是欺騙古辛，男扮女裝嫁到這裡，當初還懷疑我是埃維司特姆派來的間諜呢。」

「真是大不敬。」

見伊多毫不掩飾不滿，利迪爾不禁莞爾一笑。

「你們倆其實很像。」

「很遺憾。我和那個冰如井水的冷淡男人一點都不像。」

「就是像你這樣伶牙俐齒。再來就是一樣認真老實、很能幹、對主人很忠心。」

伊多動了動灰褐色的眸子，將緊閉的雙唇一撇。

「他確實是很忠心，但未免太厚此薄彼了。」

「這一點也很像。」

「我才沒有只偏心利迪爾殿下呢。」

「真的嗎？」

「當然我最重視利迪爾殿下，但我也很敬重對您疼愛有加的陛下。」

「是呢。」

「沒錯，所以請您不要將我和那種態度露骨的無禮之徒混為一談。」

「但你們最近似乎處得比較好了呢，這樣我就放心了。」

利迪爾剛嫁給古辛時，伊多與卡爾卡這兩個側近不斷彼此猜疑、互相挖苦，就像裝在袋子裡的山林刺果一般針鋒相對。最近兩人建立起信任關係，不僅開始互相確認行程，當伊多忙不過來時，還會請他幫忙調度利迪爾身邊的大小事宜——大概是因為個性本就相像，所以才能一拍即合。

然而伊多卻露出一臉不可置信的表情。

「沒有吧？怎麼可能。只是不像以前那樣互相猜疑，但絕對說不上處得好。只是和他保持良好關係也比較好做事。」

是嗎。利迪爾很想反駁他，不過再爭論下去肯定沒完沒了，伊多固執起來可是很難纏的。

「好吧——王要回來了，你先去整理床褥吧。」

利迪爾命令道，伊多這才鬆一口氣，故作姿態地說了一聲「遵命」，然後走出了房間。

牆上掛有一幅織品畫，上面描繪了伊爾．迦納開國君王薩坎多羅斯王統治國家的情景。他是傳說中的王，古辛被譽為一代賢君，大家都說是薩坎多羅斯王再世。

壺上鑲著伊爾．迦納山裡採來的半透明礦石，美麗的七彩玻璃檯燈據說是從極東的黃金之國運送而來，整座王城裡只有三盞。

床邊的焚香正發出陣陣甜香，檯燈的火光在深紫色的被子上幢幢搖曳。

濃烈的甜香將利迪爾包覆其中。既像濃郁的花香，又像成熟的果實，其中還流淌著刺激性香料的味道，令人頭暈目眩。

自利迪爾嫁到這個國家那一夜起，每晚床邊必焚有此香。在這股香味中被古辛抱入懷裡，光是這樣就令他感到腰部隱隱作痛。性器也因為期待而脹得發疼。利迪爾的身體已經牢牢記住古辛，腹部深處顫動不已，後庭也不斷抽搐張合。

「嗯……呼……嗯，嗯……」

他抓著床褥，高挺著腰肢將古辛的雄風迎入其中。

古辛堅挺的肉棒填滿了利迪爾柔嫩的蜜穴，隨之便抽插起來。將碩大深深挺進利迪爾凹陷的腹部，不斷發出攪拌似的黏糊聲。利迪爾體內的薄壁不斷被古辛炙熱的長槍撐開摩擦，痛苦得直扭動身體。

「啊。嗯，呼——啊。」

結合之處彷彿要被撕裂的感覺令利迪爾擔心受怕，卻又抵不過那裡傳來的陣陣酥麻。

隨著黏膜不斷被撥弄，下腹不停被用力挺進，利迪爾的性器流下了蜜汁。每當快感不斷高漲，雙手就會在不知不覺間握著一堆花瓣，將床上弄得滿是落花。

「不行。那裡。啊……！」

古辛伸手將利迪爾的性器壓在下腹摩擦，那可是利迪爾炙烈快感的釋放之處，被這樣夾著搖動，他只能發出近乎求饒的啜泣聲。

花瓣再度從手中湧出，那些帶著香蜜、嬌滴滴的桃紅色花朵，彷彿在展現利迪爾的快感似的。

「啊。我……要射了。古辛……！」

利迪爾的大腿內側已被汗水溼透，不斷發出陣陣痙攣。有如觸電般的快感在尾椎處層層加疊，每頂一下都在繼續增加。這讓利迪爾的腦子裡堆滿白色花瓣，剎那間便膨脹到不可收拾的地步。

「急什麼。不是才射完嗎？」

古辛低語，將手伸向利迪爾的胸膛。

乾燥的大手搓弄著利迪爾小巧的乳頭。強大的手勁讓利迪爾忍不住尖聲呻吟。

「嗯啊。啊！」

猛烈的歡愉讓利迪爾的性器抽動著濺出蜜汁。

汁液不斷噴濺到床上，利迪爾弓起背部，顫抖著腰肢。髮絲被汗水沾黏在後頸，古辛在那留下一個清晰的唇印。

「克制一點。一下就射出來可就沒那麼舒服了。要我幫你握住嗎？」

「不、用……不要……」

古辛在利迪爾耳邊私語，一口咬住他的耳垂。利迪爾害怕得直搖頭。

古辛握住利迪爾的性器根部，力氣拿捏得恰到好處，靜靜地擺動腰部。

利迪爾感覺身體快要融化了。

「我們慢慢做吧。想和你說說話。」

「說……什麼……？」

利迪爾的聲音像泡沫般飄渺，彷彿在囈語似的。

「今天的你好美。人前的你是很迷人，但你最迷人的一面只有我看得到。」

「嗚……！」

古辛在利迪爾的最深處攪弄著，不停發出溼溼黏黏的聲音，利迪爾的腰幾乎要支離破碎。古辛的雄根又長又硬，前端十分粗大，看上去活像根魚叉。這根碩大不斷挺進利迪爾的體內黏膜，探索每一個角落，刺激著他的感官。

「你好漂亮，利迪爾。我的愛妃……」

語氣和動作一樣溫柔，他輕輕在兩人結合之處來回搖動，同時用沾滿利迪爾精液的手指，玩弄對方早已興奮到硬挺的乳頭。

「啊。不、行。會漏出來……」

利迪爾的歡愉已到達極限，身體承受不住了。

手中不停湧出豔桃色和深紅色的小花。與古辛的魚水之歡讓他不斷落下淫靡的花瓣，床上成了一片發情花海。

「這麼舒服啊？利迪爾。」

每當利迪爾舒服到泫然欲泣，床面和身體就會成為一片花海。古辛就是想要欣賞這幅景象，才不讓他輕易高潮。過程中總是花上許多時間與他繾綣纏綿，讓利迪爾舒服得欲仙欲死，放蕩到黏膜滴出甜美的蜜汁。

「啊。哈……嗚……啊！」

王不斷挺進利迪爾的下腹深處，吻遍了利迪爾的背後低語道。

「今天那些來賓應該會把你的事情傳回母國吧。聽說國民也對你相當痴迷呢。你是我引以為傲的王妃，但可不能讓他們看到你現在這個樣子——」

利迪爾的背上畫有一個大大的魔法圓。上面圖案十分複雜，同心圓的中心畫著治癒和生命力的紋樣。那是治癒之紋。魔法圓是與生俱來的魔法泉源，而利迪爾的魔法圓外面數來第二條線有一道白色的傷疤。

那是兒時在一場事故中受的傷。也因為傷口放入了這枚戒指的寶石，才會阻斷他的魔力。

以前大家都說魔法圓無法修復，然而利迪爾卻在古辛陷入危機之際，情急之下用劍刺傷自己，硬是將魔法圓接了回去。這顆寶石就是在那時候取出的。如今傷已成疤，魔法圓也勉強接上。

「古……辛……啊……嗯。」

王滏熱的雙唇不斷在魔法圓的各處游移。還特別在那道白色傷疤上蓋上唇印。

「不、要。那樣。不行了。快停……不要停。」

利迪爾的腰肢不停抖動，嬌喘著說道。

他從剛才就不斷噴出飛沫般的少量精液。古辛每頂一下，這些黏液就像雨滴噴散在葉子上一般，飛濺到床上。

「啊——啊。討厭……！啊——！」

精液滴滴答答的流出，利迪爾弓起腰。下腹不斷顫抖，被古辛不斷抽插的地方也一張一合的收縮。

「你射了是嗎？有花香味。」

「對……」

隨著背部不停抽動，下體微弱顫抖著射出精液。黏膜仍與古辛緊緊貼合，還在貪婪地索要歡愉。如今利迪爾的身體已牢牢記住與古辛交合，在身體深處抵達高潮的感覺。

他實在不懂為何如此鮮明而激烈的快感，能在不知情的情況下埋藏在腹部深處。比起獨自用前方探索到的那種鋒利而俐落的頂點，古辛為他腹中黏膜帶來的快感更為濃烈。這種持久無止境的黏膩迷醉感，已然將利迪爾吞噬其中，不斷折磨著他。

古辛伸出大手，一把握住利迪爾還在淌蜜的半勃性器，上下套弄起來。

「呀啊……啊！啊。呀！」

精液受到摩擦，立刻發出咕啾咕啾的水聲。王用手指套弄一陣後，開始搓揉利迪爾又紅又敏感的性器前端，然後在頸邊私語。

「嘶。啊啊！嗯啊。」

王用又溼又黏的手指掐住利迪爾的乳頭，一邊用黏液搓弄，一邊親吻他的背部。看到利迪爾緊張得腰肢顫動的模樣，王笑著說。

「好像花蜜，吸起來肯定很甜。」

「等等就讓你那樣去好了。」

「唔……」

利迪爾曾被王舔拭過。看上去活像隻被大型野獸壓制在地，哭著被大啖朵頤的草食小動物。以唇摩擦，被吸取蜜汁。那令人不可置信的快感幾乎要壓得他喘不過氣，痛苦得眼淚直流，向王索要更多歡愉。

既期待又害怕讓利迪爾不自主地發抖，然而就在這時，他突然問了一件在意的事。

「王，我的傷疤……有變淡嗎？」

這道傷口深得幾乎要了他的命，至今底部仍殘留著毒色素。託這個福利迪爾的魔法圓目前勉強可以轉動。

但說到底仍是靠傷疤維持。若傷口癒合得太過順利，隨著時間將黑色素全數排除，魔力又會再次斷絕。這樣他就不能為王提供魔力了。

「變淡也無所謂。還痛嗎？親愛的利迪爾。」

王伸長舌頭舔了一口傷疤。然後像在祈禱似的，百般疼愛地將嘴唇覆在傷口上。雙唇的溫熱如刻印一般滲入利迪爾的肌膚。

「啊——別親吻，王。」

利迪爾飄飄欲仙，發出囈語般的呢喃。

「你的吻令我欣喜若狂，這樣傷口會癒合的。」

王的吻充滿迷戀，激情到近乎發狂。利迪爾的肌膚一定是對此樂在其中，才會有如冬去春來一般從傷疤深處復活新生、吐出毒素，進而慢慢變白。

「那這樣如何？這樣你也喜歡嗎？」

「啊！」

王一把抱住利迪爾的大腿後側，掰開他的雙腿，騎乘在自己身上。

一陣盡情地擺動後，一道熱熱的黏液射進身體深處。利迪爾忍不住尖叫出聲，像魚一樣張開嘴巴，流著口水，承受那炙熱的迸發。

「嗯……啊……啊啊，啊……！」

他睜大雙眸，眸子裡綻放著燦爛絢麗的白光。

能感受到王正源源不絕地將東西射進體內。王繼續搖動利迪爾的身體，將精液注入深處。黏液順著他的硬挺流淌而下，隨著抽插不停發出不堪入耳的淫靡聲。

「利迪爾……我摯愛的王妃。」

兩人的羈絆一天比一天緊密。

利迪爾將魔力毫不保留地供給古辛。每一次交合都讓他們在靈魂深處緊緊連結，血液流過彼此體內每一個角落。

利迪爾實在想不透。雖說是男兒身，但都做到這種地步了，為何就無法懷上子嗣呢？

†††

古辛所統領的伊爾．迦納原本是由四個國家組成。伊爾．迦納王國、這個冬天平定的弗拉多卡夫、導致王遭受詛咒的舊剎迪克王國，以及兄弟國利利爾塔梅爾。再加上一些填滿地圖縫隙的小自治區，才形成伊爾．迦納這個大國。

今日各區宰相齊聚於王城大殿商議國事。

「居里。不要東張西望。加油！」

利迪爾獨自坐在後宮的起居室裡，雙手扶著水瓶，對著水鏡喊話。

一隻眼睛大得出奇的鴞潛入了眾議室。名為星眼鴞的鳥類，一雙大眼有如映照出星空一般璀璨美麗。利迪爾眼前這面大水鏡，正投影出居里所看到的情景，就連聲音也聽得相當清楚。也就是說，他正光明正大地窺視這場會議。大殿天花板處有個被裝飾擋住的死角。這也是伊爾．迦納用來窺知祕密的常用手段。

「專心一點，再一下就結束了。居里。」

水鏡會如實呈現出居里看到的畫面。看著這群穿著暗色的男人齊聚一堂低聲說話，居里無聊得左右張望。最後還忍不住打起了瞌睡。

當居里瞇起眼睛，能見範圍就會變小。當牠昏昏欲睡，聲音就會變得模糊。雖然很對不起居里，但這場會議至關重要，不可以漏聽任何一句話。

利迪爾集中精神盯著水鏡越來越窄的畫面，豎起耳朵聽著含糊不清的聲音，心想等等一定要去抓美味的蜥蜴來犒賞居里。

——所以我說，陛下。現在正是大好機會。

眾人正與古辛商議伊爾．迦納的未來。

平定弗拉多卡夫後，古辛目前共統治二又二分之一個國家。背後的兄弟國利利爾塔梅爾，實際上也屬於伊爾．迦納的一部分。

依照大陸慣例，統治三個以上達標國家的君王，便可登基為大帝。

借鑒舊剎迪克王國的領土，古辛在吸收弗拉多卡夫後，便開啟了通往稱帝之路的大門。

要穩定地區情勢的最佳之策，就是統一剩下的自治區，成立伊爾．迦納帝國。古辛從以前就被視為統一四方的上上之選，如今將一直懸而未定的弗拉多卡夫納入旗下，稱帝的呼聲更高了。

——陛下，您都特地娶了魔法師的王妃，可別白白糟蹋良機啊。

——為穩定周邊情勢，如今當務之急應為擴大版圖！唯有您出兵平定天下，讓其他國家心甘情願俯首稱臣，才可建立更強大的國家。

——您在與弗拉多卡夫一戰中大顯身手，赫赫戰功早已有如神話一般廣為流傳。據說王妃的魔力也不同凡響不是嗎！

這些鄰國領袖並不知道利迪爾是男兒身。

他們個個費盡唇舌，不斷說服古辛能夠擴張領土，成立一個以伊爾・迦納為中心的帝國，登基稱帝以君臨天下。然而古辛的回應很是慎重。鄰近區域的宰相詢問其理由，拼命想說服古辛。

只見水鏡中的王搖了搖頭。

——不必著急。如今這個地區已足夠安泰。無論我是王還是大帝，盛世還是盛世，我的統治亦不會有所改變。

——所以我們才會請求您建立帝國以支撐盛世！以當今伊爾・迦納的實力，要一統這個區域可說是易如反掌。在王的眼皮底下，反抗勢力就不敢輕舉妄動。可以抑制叛亂發生！還能加強監視周邊地區的威力啊！

——屆時再議吧。所幸我們周遭都是小國，並沒有被鄰國攻打的疑慮。而且弗拉多卡夫還需要一些時間整治。我目前無意強行收服他國領地。若伊爾．迦納升格為帝國，將來戰爭對手就是其他帝國。我國好不容易才漸入佳境，有辦法抵禦這樣的衝擊嗎？

——所以您才娶了王妃不是嗎。您可是成功打下了弗拉多卡夫那座山城！得到魔法王妃的力量，作為傑出的魔術王，還有比您更適合登基為大帝的人選嗎！

宰相們個個苦口婆心，但討論陷入了膠著狀態。

利迪爾很清楚為什麼王遲遲不肯點頭。

因為利迪爾的魔力並不穩定。

利迪爾和雷王古辛結為夫妻，他所提供的魔力能讓古辛的雷電增強千百倍，助古辛馳騁疆場，衝鋒陷陣。

利迪爾以傷接起斷裂的魔法圓，恢復了魔力。好不容易才將那分魔力變成目前能供給的狀態。

與弗拉多卡夫一戰的傷痕仍歷歷在目。事實上，當時利迪爾是因為魔力泉源的入口「門」微開，才取得了驚人的魔力。

「門」是連接生命源頭的門。是所有真理的相連之處，據說就連人的靈魂也是生於斯，歸於斯。當然魔法師的魔力也是發源自門的另一側，但平常肉眼是看不到的。只有在和門裡面的世界產生激烈交流時——越是符合「大魔法師」資格的人，越能透過「門」提取大量魔力——才能用心眼看到這個通往另一個世界的入口。

利迪爾用劍傷強行重啟魔法圓時，看到了那扇門。當時門只開了一個小縫，光是從縫中漏出來的魔力就具有莫大的威力，而他也將其全數獻給古辛。

利迪爾確實看到了微開的「門」。他的魔法圓被舊傷和「阿芙菈之石」阻斷了魔力，然而在魔法圓恢復正常時，利迪爾卻釋放出多於原本的魔力。

魔法機構也依此認定利迪爾擁有大魔法師程度的魔力。後來父王才告訴利迪爾，他和長姊羅榭雷緹亞一樣，生來就具有大魔法師之才。當初母親就是害怕連利迪爾也成為大魔法師，才將那顆阻斷魔力循環的摩爾寶石埋入他背上的傷口中。

之後利迪爾取出寶石，用自傷的方式重啟魔法圓，然而最近那道劍傷卻逐漸恢復如初。

傷口已然結疤。但因為含有毒素又傷得很深，上面留下了有如泥巴的黑色素。

如今疤痕的顏色越來越淡。

利迪爾的魔力只剩下剛受傷時約七成。隨著傷口復原，他能感覺到魔力一天比一天薄弱。

魔法圓不穩定，魔力也會產生瑕疵。如果傷疤繼續變淡，難保魔力不會消失殆盡。利迪爾對此憂心不已，他將剩下多少力量？會不會變回以前那樣，只諳生花之術呢？

他已經請埃維司特姆的魔法機構之後過來重新測定。但即便對方告訴他魔法圓的力量正在減弱，也只有一條路可走——

就在居里累得睡著時，會議也結束了。

水鏡變成一整片明亮的淡灰色，那是居里眼皮的顏色。利迪爾看著水鏡發呆，半晌便聽到有人走近的聲音。

古辛王帶著側近走了進來。

他將一頭黑長髮紮成鬆鬆的辮子，戴著大大的金色耳飾，兩隻手臂上戴了許多與小麥色肌膚十分相稱的手鐲。因有公務在身穿著裝飾較少的服裝，這身裝扮也非常適合他。古辛的身材高大挺拔，體魄也有如戰士般壯碩魁梧。

利迪爾從沙發起身走向古辛，一身家居薄衣也隨之飄然擺動。

「你回來啦？王。辛苦你了。真的很抱歉。」

「你看了啊。有什麼想法？」

「眾人所言甚是。若是我——我的魔力夠穩定，一切就迎刃而解了——」

魔力忽大忽小將導致王在需要時無法召喚出雷電，又或是毫無預警地降下巨雷，進而讓王陷入危機。平常倒無大礙，但若是在戰場上，難保不會一敗塗地，又或是不小心誤殺我軍。

任誰都看得出來，如今正是伊爾．迦納拓土開疆之大好時機。利迪爾多麼希望自己的魔力能夠恢復如初，為王穩定提供魔力。然而現在對此卻束手無策，只能悲觀地做好魔力可能日漸衰弱的心理準備。

一想到這裡，利迪爾就不禁縮起肩膀，他低下頭，十指緊扣放在下腹處。王見狀，溫柔地將他一把抱進懷裡，一股刺鼻的甜香緊緊包住了利迪爾。

「沒事的，我的身體能感受到你傳來多少魔力。隨機應變即可，你不用擔心。」

「當初以為只要把魔法圓修好就沒事了，但現在看來這個想法是錯的。先不論能否得到大魔法師這個稱號，至少能讓魔法圓穩定的話——」

以前魔法圓斷裂時，至少魔力是穩定的。

只能施展簡單的治癒魔法和生花之術，是個派不上用場的王子。

比起沒出息的那個時候，現在這個魔法圓不是過度運轉，就是突然不動很是困擾。為了國家和王的安全，不得不做出最壞的打算，只使用和以前差不多程度的微弱魔法。

「我也希望能盡早連絡上姊姊，將魔法圓接上，測試看看能不能成為大魔法師。」

要將利迪爾的魔法圓穩定修復只有一個方法。使用特別的墨水，請大魔法師用魔法紋身，將魔法圓重新接回去。而埃維司特姆所有人都認為，能勝任這個工作的就只有利迪爾的姊姊，也就是前埃維司特姆大公主，現今愛迪斯帝國的皇妃羅榭雷緹亞。

事實上魔法機構已開始張羅此事，備好紋身墨水，預計近期就會送到。這種墨水是用頂級材料調製而成，魔法機構花了多年時間才將材料蒐齊。

然而萬事俱備只欠東風，他的長姊——其實是哥哥——不久前失聯了。就算寄信也一直沒有回信。利迪爾寫了超過十封的信，全都石沉大海。

「為何如此心急？我當然也希望你正式當上大魔法師，但沒有到刻不容緩的地步。」

「這件事得越快越好。至少也要盡快用刺青修復魔法圓穩住魔力。最好還能直接舉辦大魔法師上任儀式，讓其他國家知道伊爾・迦納有個大魔法師坐鎮。」

「利迪爾。」

「這麼一來其他人就不敢輕易向伊爾・迦納宣戰了。我當上大魔法師可說是有利無弊吧？不僅可以用魔力征服三國，獲取大地祝福來滋養國民，還可以治療你征戰沙場受的傷。這每一個都是你需要的力量，到時伊爾・迦納就可以五穀豐登，達到真正的國富民強。」

「真正的國富民強？」

「王，你以前曾將自己比喻為魚群的領頭魚。」

魚會透過群聚來偽裝成大魚。先王駕崩時王不過十歲，雖然與小魚無異，但還是成為領頭魚，保住了魚體，王曾自嘲似的向利迪爾講述這段艱辛的過去。

「只要我當上大魔法師——升格為帝國，這個國家就能成為真正的鯨魚。」

之後就能在海中橫行無阻，免於外敵入侵，也不會四分五裂。沒了小爭小鬥，國民就能安居樂業。唯有大魔法師的魔力才足以維持這一切。大魔法師擁有潤澤大地之力，不僅能夠召喚流水，為國民增添休憩的草木綠地，還能讓同一塊田畝結出更多的收成。糧食豐收讓國民遠離飢餓，免於爭搶。因為伊爾・迦納並非埃維司特姆那般的肥田沃地，王妃的魔力更顯得舉足輕重。

王一臉索然無味的表情，只是輕輕嘆了口氣。

「我做得到嗎？」

「做得到的，我保證。」

古辛是個謹慎小心的無欲君王。他只求起居舒適無憂，從不醉心於權力，也不追求紙醉金迷的生活。這可能和他以前曾中過化獸詛咒有關，那深深傷害了他身為君王、身為人類的尊嚴。也正是這樣的特質，他總是願意對弱小的國民伸出援手。世人都知道他是足以平定四海的一代君王，國內外都抱有高度期望。

「這話像是卡爾卡會說的。」

王不禁苦笑。

「好吧。為了滿足愛妃的期望，就盡最大努力吧。不過——我們還有時間。我打算先整頓軍備，備好後援。目前周邊國家即便沒有我的力量，單憑我方軍隊仍足以保家衛國。只要不要有帝國遠征奪地，這個地區沒有可以和伊爾・迦納正面交鋒的國家。何況現在根本連絡不上你哥哥，不是嗎？」

被這麼一說，利迪爾才回過神來。

「……是呢。對不起。我太心急了，王。」

即便利迪爾再怎麼熱切期盼當上大魔法師，單憑一己之力是無法成事的。

大陸上有數個帝國，除了哥哥嫁過去的愛迪斯，還有另外三個統一鄰近國家的帝國。再加上像伊爾．迦納這種中大國，在勃興與滅亡之間循環往復。

伊爾．迦納附近沒有帝國。也正是因為離大國很遠，這些中型國家才能彼此聚集依靠。這也是那些人主張伊爾．迦納必須升格為帝國的原因。

哥哥嫁過去的愛迪斯帝國是山脈另一邊的北國。擁有無庸置疑的武力和魔力，又有廣大冰河這個天然屏障的堅強守護，是歷史悠久、實力堅強的超大國。

利迪爾要到哥哥所在的王城，就必須跨越眾多國境，經過重重關隘。如今兩國並無邦交，沒有定期交流，自然無從獲取愛迪斯帝國的相關資訊。

我操之過急了，一味感情用事，完全沒有顧慮到古辛的感受。利迪爾輕輕按住胸口，安撫急躁的心。

「我擔心傷疤的色素會消失。只要還待在你身邊一天，成為大魔法師就是我的願望。魔法師必須為人所用，不然就只是個徒有魔力的普通男子罷了。」

魔法師不過是擁有魔力，要有好的伴侶才能善用之。

「其最大且唯一的條件就是有所愛之人，而你又是名符其實的王。」

「和你哥哥一樣嗎？」

「是的。大魔法師羅榭雷緹亞我的兄長——一定有辦法幫我把魔法圓接好的。那我就恭敬不如從命，依王之意等待哥哥連絡。」

如果是哥哥一定能理解。羅榭雷緹亞也是以公主身分嫁到大國，與大帝結為連理，成為男兒身皇妃，如今以大魔法師之姿坐鎮帝國才是。事到如今，利迪爾更加好奇哥哥的心路歷程，當初是懷抱著什麼樣的心情，又經歷哪些困難。然而今天愛迪斯那邊還是沒有來信。

「話說回來，你哥哥到底怎麼了……」

聽說目前正在長禱。想必是為了戰爭吧。

「真令人擔心。」

面對王的關心，利迪爾露出淺淺笑容，藉此遮掩心中擔憂。

「……他本來就不太寫信，只有收到信才會回信。我想他現在……一定——一定很忙吧。」

這話像是在說給自己聽似的。

利迪爾最後一次收到哥哥的親筆信已經是兩年前。後續他又寄了戰勝賀柬、嫁到伊爾・迦納前的告別信，之後還寫了好幾封信請他幫古辛解咒——然而哥哥一次都沒有回覆。

利迪爾坐在王妃專用的小晉見廳裡候客，女官來告知一行人已經抵達的消息。之後約十個人浩浩蕩蕩走了進來，在利迪爾面前排成一排，畢恭畢敬地行禮。

「向伊爾・迦納王妃，利迪爾殿下請安。見王妃殿下金安康健，吾等喜不自勝。」

說話的女子深深行了一個屈膝禮，她頭戴白素紗，下半臉戴著白面罩，後面帶著兩名女子、五名男子、兩名騎士團騎士。他們是埃維司特姆的使者，此行是為了利迪爾而來。利迪爾聽說他們早上就到了，等到現在終於見到面。

利迪爾立刻探身慰勞。

「許久未見，謝謝你們特地過來。這一路還平安嗎？旅途勞頓，先歇會兒吧，待傍晚或明天再測定即可。」

「不。我們在此備受款待已經休息夠了。若殿下的狀況允許，可以立刻著手進行。」

女子從容淡定的態度與口氣，反而讓利迪爾有些語無倫次。

「喔……不。嗯，這樣啊……那就開始吧。畢竟你們也不能離開埃維司特姆太久對吧。」

「遵命。已經請他們備好房間，這就去做準備。」

「那就……拜託你們了。」

這些人是埃維司特姆派遣過來的魔法機構人員。魔法機構的人雖然不像王族那般魔力高強，但都是擁有魔力的人或魔法學家，主要聚集於山谷研究魔法，又或是管理用魔法製造出的魔藥。他們所調配的療傷藥因具有奇效而有祕法之稱，該魔藥是用埃維司特姆一種吸收了蒼鬱天地之魂的藥草製作而成，是其他國家王室朝思暮想的夢幻逸品。

他們要幫利迪爾進行簡易式魔力測定。雖然無法像父王那般鐵口直斷，但實測能力還算可靠。利迪爾急欲確認魔力狀況，正好這些人有事要到這裡，便拜託也進行魔力測定。

房間很快就準備好了。

為防止魔力外漏，他們在窗戶貼上蕁麻編成的布，並在房內焚燒特別的煙霧，以免房間爆破。

測定魔力的方式其實相當簡單。

有種會因魔力而燃燒，被編織成繩子的布。

測定對象拿著手腕長度的米色繩子其中一端，用魔力將其燃燒。

「您可以開始了。覺得不舒服就停下來。」

「好。」

利迪爾緊張地嚥了口口水。

他坐在椅子上，拿起平放在桌上的繩子一端。

上回父王來幫他測定時，火光衝過另一端的紅線——一口氣將整條繩子燃燒殆盡。父王也因此判定利迪爾擁有「相當於大魔法師」的魔力。

利迪爾雖然很想知道自己如今能為古辛提供多少魔力，卻又很害怕得知減少了多少魔力——

他做了幾次深呼吸，便朝手指夾著的布注入魔力。

繩子很快就熱了起來。利迪爾感覺魔力被吸收得一點不剩，甚至連施展生花之術的力量也被吸收殆盡。

繩子從手指下方開始燃起火光。

交接處冒出一晃一晃的紅光，由握住處往上染成了黑色。

——拜託全部燒光吧。

利迪爾一邊在心中祈禱著，一邊專心往繩子注入魔力。或許沒辦法燒完整條繩子。但至少也要燒到尾端的紅線處，才能有資格作為輔助古辛的魔法師。

只見黑色不斷往上延伸，彷彿泡在墨水中似的。正當利迪爾鬆一口氣時，火光卻戛然而止，停在中線上面一點的地方。之後無論注入多少魔力都沒有動靜。他集中精神試了好幾次，但黑色還是停在原來的地方。

離紅線還有好一段距離——利迪爾的感覺果然沒錯，約莫只剩下上次的七成——

「好了。殿下，請放開繩子。」

「等一下！這條繩子確定沒有問題嗎。有帶備用的過來嗎？」

「繩子已經仔細檢查過了。結果和您所感覺到的差很多是嗎？」

面對這番柔聲詢問，利迪爾不禁感到全身無力。

他不發一語地用雙手摀住臉，手指不斷顫抖著。雖然這是預想中的結果，然而當事實擺在眼前，不僅僅是沮喪，甚至無法接受這一切。

身體的深處在顫抖。他絞緊連呼吸都無法的肺臟，勉強擠出聲音。

「不……正如繩子所示……我的魔力確實降低了很多。」

對此魔法機構的女子只是問道：「伊爾．迦納王那邊由我們來稟告嗎？」

「嗯。抱歉，就麻煩你們了。要是由我來說，肯定又會百般辯解。」

為了討古辛歡心，自己一定會用一堆毫無意義的謊言或藉口來搪塞過去，像是身體不適，又或是魔力降低得沒有想像中多。利迪爾不想對古辛撒謊。他也十分清楚，事情瞞得了一時卻瞞不了一世，最後只會使得事態變得更糟，進而加倍奉還到古辛身上。

「遵命。我們也會向埃維司特姆稟告。」

「好，還請選在父王身體安泰之時告知。」

利迪爾的父王身心孱弱。若知道魔力下降至此，肯定會憂心忡忡。

果真如此——利迪爾望著天心想。魔力下降得比預想還要多。雖說與王的羈絆比之前更為深厚，但現在究竟可以傳給王多少魔力呢？

「——我問妳。如果……我是說如果。」

利迪爾聽著收拾東西的聲音，一臉憂心地向女子問道。

「如果要復原魔力，就只能用紋身接回魔法圓是嗎？」

「是的。今天已將紋身墨水帶過來了。」

這也是他們此行的主要目的。

利迪爾恢復魔力的唯一方法，就是趕在傷疤色素消失殆盡之前，用魔法機構準備的墨水將魔法圓接合。

「果然……這個紋身，只能由哥哥進行嗎……？」

「也不一定要是羅榭雷緹亞殿下，只要是大魔法師都可以。但考慮到能力和精通程度，也為了利迪爾殿下的安全起見，羅榭雷緹亞殿下才是最佳人選。」

「是呢……」

墨水送到。現在只缺與羅榭雷緹亞見面，卻不知道什麼時候才能見到。利迪爾稍稍探出身子。

「那個，妳還記得我之前寫的信嗎？在信中請你們幫忙尋找其他大魔法師。」

「記得。」

「雖然機構長反對，但——除了羅榭哥哥，我還是想問一下是否還有其他人選。」

利迪爾很擔心兄長的安危，但此事迫在眉睫。如果連絡不到哥哥，他還是得尋求他法來恢復魔力。這是為了維護伊爾．迦納長久的和平——為了古辛。

只見女子輕輕搖了搖頭。

「墨水一旦紋入就無法修復，若急於一時而退而求其次，找能力不足者操刀，失敗後魔法圓可就永遠接不回來了。我知道殿下您著急，但還是要謹慎而為。」

「……這我知道。」

利迪爾沮喪地嘆了一口氣。

他很清楚急不得，之後一定能連絡上羅榭雷緹亞，也知道一旦失敗就無法挽回。但就是控制不住心急如焚，也不知道自己為什麼如此心急——

檢查完畢後，魔法機構的一行人便在日落西山前賦歸。

離開王城前，他們來向利迪爾道別，古辛也特地到場致意。

「利迪爾殿下，很高興您一切安好。若有任何疑問，吾等靜候差遣。」

「謝謝你們特地遠道而來。幫我向父王和司特拉迪雅斯姊姊問好。」

利迪爾慰勞道，一行人行完禮後便默默走出房間。他們帶著古辛的賞賜踏上歸途，接下來要走好幾天才能回到埃維司特姆。

「那就是墨水嗎？」

王坐在沙發上，等眾人離開後才起身走到利迪爾的身邊。桌上放著一個手掌大小的白陶薄容器。不僅用黏土封蓋，還慎重地用紅色編繩封口。

「對。這是用魔法提煉黃金和藥草製成的藥水。需透過魔法進行編織，來紋入皮膚深處。」

利迪爾實在高興不起來。雖說這罐墨水是他的希望，但如果找不到人操刀，那就只是普通的染料。

「剛才那些人也無法操作嗎？」

「對，因為這不是普通的紋身。必須將墨水接到身體深處，那些有魔力在流動的神經。只有大魔法師層級以上的人才做得到。」

利迪爾黯然歎息。

「早知如此，當初就不該放走利茲汪加雷斯。」

利茲汪加雷斯是依附於弗拉多卡夫的大魔法師，濫用魔力，以賣詛咒給權貴維生。在之前的戰爭中，利迪爾放走了正準備出逃的利茲汪加雷斯。因為他認為，若沒有配對的王，魔法師就只是徒有巨大魔力的一般人。再加上利茲汪加雷斯和古辛並無私怨，應該沒有理由再次對古辛下咒，所以便任由他消失在自己眼前。

當時雙方於弗拉多卡夫城交戰，弗拉多卡夫城崩坍後，有來報說已捉拿住利茲汪加雷斯，但他卻在被關進牢房前消失了。

王皺起一雙烏黑的劍眉。

「不行，怎能讓那種鼠輩觸碰到你的肌膚，太不像話了。」

「王，你誤會了。利茲汪加雷斯可是染指詛咒之人，怎麼可能找他紋身呢。我只是想，運氣好的話，他說不定知道其他大魔法師的棲身之處。」

大魔法師只會讓位高權重者知道行蹤。但聽說大魔法師之間能透過「門」稍微得知彼此的資訊。

「他說不定知道羅榭雷緹亞皇妃的消息呢……」

實在太大意了。當初應該向他探聽哥哥的狀況，就算只問出是否平安也好。

王的書信是由大臣直接送進政務室。

利迪爾的書信則是每天用完早膳後，由女官送到起居室。

這天女官行禮時一臉歉意。

「今天也沒有您的書信，王妃殿下。真的很抱歉。」

「別那麼說。是我把妳逼太緊了，千萬別感到抱歉。我也不會再問了，有信寄來妳就會即時來報對吧？」

「是的。即便是半夜，我也會立刻稟報。」

女官看著利迪爾，一副泫然欲泣的表情。看著她垂頭喪氣走出去的模樣，利迪爾感到相當自責。而這一切都是因為羅榭雷緹亞還沒回信。

「我知道他很忙。但為什麼就是不回我信呢，就算只是簡單的一句話也好啊……」

利迪爾難過地埋怨道，古辛則在窗邊看著他。

愛迪斯帝國前後打了足足三年的仗，這場戰爭漫長而艱難。之前才收到捷報，其他密探也傳來愛迪斯戰勝，敵國撤軍的消息。

利迪爾並未要求羅榭雷緹亞特地過來伊爾．迦納。他本就打算遠赴愛迪斯，羅榭雷緹亞只要簡單回覆是否能幫他紋身即可。

「皇妃真的平安無恙嗎？」

「嗯。至少愛迪斯帝國是平安的。萬一姊姊——羅榭哥哥發生了什麼事，埃維司特姆應該會收到消息才對。」

羅榭雷緹亞是埃維司特姆嫁過去的大公主，倘若——雖然利迪爾很不想這麼思考，但如果皇妃真有什麼三長兩短，基於邦交，勢必得向故鄉的父王通報。

古辛雙手抱胸，深藍色的袖子上繡著金色刺繡。

「嗯……連皇帝整個王室消聲滅跡是不可能的。超大國愛迪斯若真滅亡，天下可就要大亂了。」

羅榭雷緹亞的平安，代表的不只是他一人的平安。

這塊大陸上擠滿了大大小小的武強國。

魔法國和武強國的比例為一比九。當中最大的魔法國就是埃維司特姆，伊爾・迦納則是名列前茅的武強國。

每個武強國都在想方設法拓展領土、富國強兵，抵擋征服者的入侵。

愛迪斯在如此你爭我奪的環境中，統一了超過二十個國家。若超大國愛迪斯真迎來了覆滅之禍，各國肯定會爭先恐後群起奪地，導致整個大陸進入大戰亂時代。若真有這麼一天，可能就連相隔甚遠的伊爾・迦納，也會不顧一切派出遠征軍吧。然而目前並沒有傳來任何消息——

利迪爾笑了笑，強逼自己打起精神。

「我想他一定是太忙了。戰後的善後工作肯定相當繁重，再加上愛迪斯是北國，戰爭結束還得盡快準備過冬。更何況。」

這是他每天都說給自己聽的話，如今終於忍不住說給王聽。

「羅榭哥哥十分強大。他從小就魔力高強，能讓天上降下光粉，在庭院裡撒下冰花。」

他是與生俱來的大魔法師。聽說強大的魔力讓他一直沒有變老，小時候還被關在塔裡生活。

「那當然。他一定很強，因為是你哥哥。」

古辛靠在利迪爾身上，伸手為他拭去淚水。

利迪爾用臉頰磨蹭王的手掌，覆上他的大手，擠出一個微笑。

「我會繼續寫信給他。羅榭哥哥如果看到信，肯定會飛過來找我的。」

「難道大魔法師還有騰空之術？」

「這是祕密，還請期待羅榭哥哥的到來。」

他懷疑寄出的信在半路就被人攔截了。之後得向父王問問，最近是否有收到羅榭雷緹亞的來信——

利迪爾想著想著，背後突然傳來紙張的沙沙聲。

回頭一看，才發現居里跳到桌上，正抓著他昨晚揉掉的信拖向這裡。那是寫給羅榭雷緹亞的信，已經數不清是第幾封了。

「居里……你這是要幫我送信嗎？」

居里是王養的小鳥。聰明伶俐，亮晶晶的雙眸十分惹人憐愛。

利迪爾將居里從桌上捧起，抱入懷中。

「謝謝你。但你是飛不到那裡的。愛迪斯路途遙遠，而且非常寒冷。聽說那裡幾乎一整年都是一片冰天雪地，你小小的身體會在冷冽的天空中凍僵的。」

居里只親近王和利迪爾，利迪爾將牠夾在自己與王中間，輕撫牠的頭。摸著摸著，居里薄膜般的眼皮也漸漸落下，打起了瞌睡。

「居里，不用幫我送信，你辦事十分得力。上次你給我看的泉水堪稱美景，之後一定要去親眼看看王和你的鍾愛之地。」

居里會飛到國內各處，用偵察之力將所看到的景象傳回水鏡，讓利迪爾看到各地的國民生活、市場狀況、人類未曾踏跡的森林深處、從陡直的崖壁飛流直下的瀑布美景等。

「可愛的居里。」

見利迪爾輕撫居里，王也撫上他的髮絲。這讓利迪爾的內心獲得些許平靜，回報給王一個含著淚水的微笑。

沒等到哥哥回信，父王的信倒是先寄到了。

父王在信中說，羅榭雷緹亞還是沒有連絡。戰爭應該已經善後得差不多了，他之後會再寄一封戰勝賀柬過去。

利迪爾捏著信函，轉身面向王。說出近日下定的決心。

「王。可否請你派出斥侯，幫我尋找大魔法師呢？」

「大魔法師——不是你哥哥？」

「是的。正如之前所說，只要是大魔法師都可為紋身操刀。之前因為害怕失敗，所以一直在等羅榭哥哥回覆，但已經等太久了。」

「就等著也無妨。」

「不——我不等了。」

面對王體貼的一番話，利迪爾搖了搖頭。

鼓起勇氣，將一直埋藏在心底的糾結說了出來。

「我好怕傷口會完全癒合。正如魔法機構之前報告的，我的魔力降低許多。醫生說的傷疤色素也不知何時會消失。一想到又可能無法為你效勞，我就渾身顫抖不已。」

當初出閣時，他就知道自己將會是一個派不上用場的王子。照理來說早在婚禮當晚就已經被斬殺，現在何必在意這些呢。

因為古辛留住他的性命，並且深愛著他，將他作為王妃捧在掌心上疼愛。而他也打從心底愛著古辛。

「為了我國和周邊國家著想，伊爾．迦納實在應該要建立帝國來尋求安定。但這一切必須在王妃——我有魔力的條件下進行。尤其是剛升為帝國的前幾年，國內情勢未穩，其他大國一定會趁虛而入，要抵禦這些入侵者，我必須供給絕對穩定的魔力。可是目前我的魔力動蕩不定，不僅無法守護你和這個國家，還可能害你陷入險境。」

利迪爾一急，指尖不斷湧出金光閃爍的黃花。他望著王烏黑的眼眸。

「我願意做任何事，即便要冒險也無所謂。」

拜託其他大魔法師，就算在背上留下歪七扭八的傷痕也沒關係。比起這些，他更害怕傷疤完全消失，回到當初那個無能為力的自己。利迪爾有種不好的預感，一想到魔法圓可能再也無法修復，就全身背脊發涼，手臂起滿雞皮疙瘩。

王有些為難地看著利迪爾。

耳飾噹啷作響。他緩緩開口，用平穩至極的沉聲對利迪爾說。

「你老是把大魔法師掛在嘴邊，但我並沒有非大魔法師不可。如果魔力降低是因為傷口痊癒，那我樂觀其成。我只要現在的你就夠了。魔法師對我是有所助益，大魔法師當然更好，也僅此而已。」

「可是，王。」

利迪爾本想繼續說些什麼，卻被王寬大的衣袖抱了個滿懷。

「古辛……」

「你才是最重要的，利迪爾。」

古辛溫熱的懷中散發出暖呼呼的香水味，利迪爾就在這片香氣之中，聽著古辛溫暖的深情呢喃。

「傷口能痊癒最好。不是說過了嗎？我不在意你是男兒身，無法解除詛咒也無所謂。有魔力很好，沒有魔力也罷。即便有一天你的魔力突然消失，我也會愛你一輩子的。」

「古辛。」

古辛牽起利迪爾的手，在戒指上吻了一下。

「你解開詛咒，與我雙棲雙宿。如今你給我的，早已不是魔力可以比擬。我愛你，利迪爾。」

面對如此深切情意，利迪爾不禁緊緊抱住古辛。

「王……古辛。」

「要叫『我的古辛』。」

王順著利迪爾的額頭、髮絲一路吻下去，最後緊緊吮住他的雙唇。親吻結束後，兩人唇碰著唇，利迪爾問道。

「我真的可以獨占這個集國民愛戴於一身的男人嗎？」

「你是王妃，當然可以。」

古辛堅定低語。兩人眉睫碰在一起，互相磨蹭臉頰，再度吻上彼此的唇。

「我的古辛。你是我唯一的王。」

利迪爾發出囈語似的呢喃，他決定粉碎心中的不安，對古辛言聽計從。

得到古辛的諒解，利迪爾才願意寬恕自己。他毫不遲疑地在心中發誓，只要古辛一句話，必定奮不顧身獻上一切——然而內心深處卻還是躁動不安，遲遲無法平靜下來——

伊爾・迦納的夜晚十分安靜。這裡土地乾燥、森林低矮，不像埃維司特姆那樣蟲鳴不斷，水邊也沒有生物轉悠玩耍的聲音。

房內搖曳著微微火光，一束皎潔的月光照了進來。夜晚是如此寂靜，只要屏住氣息躺在被窩裡，彷彿時間就會停止轉動似的。

為什麼？時值深夜，利迪爾在床上翻了個身。

都已經明白王的心意，還是如此焦躁不安。回過神來，才發現自己在思考羅榭雷緹亞究竟在哪裡，有沒有其他方法可以接回魔法圓。若拜託其他大魔法師，失敗的機率是多少？可以事前測定他們能否勝任嗎？

「……」

每每閉上眼睛，似乎就能看見那扇門。聽到有人在裡面叫喊，一切卻又是如此不確定，令他忐忑不已。

「利迪爾？怎麼了？」

「沒事，只是有點累罷了。」

「這樣啊。你今天叫得好迷人，好可愛。你如果是鳥，肯定是隻美麗的鳥。」

王輕輕起身，一絲不掛地將利迪爾摟進懷裡。高貴的香水味與利迪爾的精油香交會在一起。他輕撫利迪爾的秀髮，給他一個充滿交歡餘韻熱氣的吻，然後伸手熄掉了燈。

暖色的火焰熄滅後，整個房間褪成銀色，進入冰霜般的真正夜晚。

與王互相偎抱，有如雪下花朵一般等待天明，這本來是利迪爾最幸福的時光，然而此時此刻卻感到害怕，有種不祥的預感。如今只恨夜晚如此漫長，願陽光盡快驅走月亮，拂曉快點到來。

王平躺下來。利迪爾身上只裹了條薄布，抱著王赤裸的上半身。

兩人接吻後，王靜靜地親吻他的臉頰和眉睫。

「好好睡吧，愛妃。」

「晚安，王。祝你有個好夢。」

不用擔心。說不定明天就收到回信了。就算沒有來信，還有心愛的人在身邊，國家也依舊風平浪靜。

他緊緊握住王的大手，與他十指交扣。

「要早點醒來喔，明天也想見到你。」

古辛沒有回答，只是抱住了他。利迪爾悄悄閉起雙眼，感受著王的體溫和心跳。相信一切都是自己想太多了，伊爾·迦納根本沒有什麼好擔心的——

利迪爾一聽到維漢出外偵察歸來，便前往王的政務室找他。伊多還來不及伸手，他便自己推開了門，就看見維漢高大的背影。

維漢是統帥伊爾·迦納軍的將軍，肩膀寬厚、身材魁梧，體格有如雄獅一般強壯。一頭蓬鬆的金棕色頭髮像鬃毛似的，連接著緊握的雙拳和高聳雙肩的手臂粗壯。個子比高大的古辛還高上一個拳頭，體重有四個利迪爾重。

他全身髒兮兮，才剛卸下行裝就趕來見王。看起來才踏進政務室沒多久。

利迪爾溜到王的身後，從正面聽維漢說話。他似乎才剛向王報完平安。

維漢和王從小一起長大，是王練劍的對象，兩人相處起來十分自在。

「抱歉讓你跑這麼遠，維漢。」

「沒什麼，我的愛馬基爾楔塔特腳程極快，只花了十天就翻過那座山了。」

這次維漢帶了幾名他的精銳部隊隊員，到愛迪斯進行偵察。說是偵察，他們並未潛入國境，而是在合乎規定的範圍內，觀察愛迪斯邊境和關隘的狀況，若情況允許就順便看一下街上的情形。

王問道。

「愛迪斯那邊情況還好嗎？」

「老實說很不好。」

「很不好？愛迪斯應該贏下戰爭了才對。」

「是沒錯，國境附近很平靜。只是下了很多雪。」

維漢皺起眉頭，摸了摸比平常長很多的下巴鬍鬚。

「雪？愛迪斯本就是雪國不是嗎？」

愛迪斯是位於最北邊的帝國，是一座四周環山的冰雪城塞。一年有將近一半的時間都在下雪，嚴寒時期就有如加裝一座天然頂蓋，令入侵者難以接近，守備非常牢固。

「話雖如此，但現在是秋天，並非嚴冬。山的另一邊卻颳起風雪，令人寸步難行，甚至無法靠近邊界。地面幾乎都結成冰河，只要停下腳步鞋內就會立刻結冰。所以我們才決定暫時撤退，若要繼續前進，就必須讓士兵穿上耐寒裝備、帶上雪橇。」

「……寸步難行？」

古辛一臉訝異地盯著維漢。

「維漢，你怎麼看？」

「超大國愛迪斯是戰勝了加爾耶特帝國沒錯，但現在卻因為天候異常而動彈不得。」

利迪爾也加入了討論。

「這就怪了。若是其他國家還說得過去，但愛迪斯帝國可是有羅榭哥……不，有羅榭雷緹亞皇妃在啊。」

「皇妃能馭雪嗎？」

「姊姊應該可以。」

雖然幾乎不能自行使用魔力，但可以以背後的紋樣，有限的干涉自然現象。

比方說利迪爾是治癒之紋。治癒傷口的速度就比其他魔法師更快，還能夠從指尖生出花朵、為森林注入精氣。樹木只要分得他的魔力，即便在冬日葉子也能閃耀著翠綠光芒，結出累累碩果。

羅榭雷緹亞是水之紋。以前為了逗利迪爾開心，將空氣中的水蒸氣凍結，使之發出晶耀冰光。埃維司特姆的邊界，有一口怎麼挖都挖不出水的井，羅榭雷緹亞一施法，水便噴湧了上來。

照理來說，羅榭雷緹亞是可以讓冰雪退去的。先不說其他人，基本上他絕不會受困於冰雪之中。利迪爾不確定羅榭雷緹亞是否能抵禦暴風，但水——冰和雪應該都難不倒他。

維漢歪著頭。

「這我就不知道了。能確定的是，目前商人和斥侯都只能繞開雪原走。如果逞強穿過雪原，到愛迪斯的邊境若發生什麼問題，那可就叫天天不應、叫地地不靈了。」

然後在無人知曉的情況下凍死。

維漢繼續說。

「山腳下的商人還說了件奇妙的事。有些商人認為愛迪斯打了勝仗，景氣肯定很是繁榮，又仗著自己對雪原瞭若指掌，所以堅持要穿過雪原，但都有去無回。」

「看來事有蹊蹺。」

原本還能保持冷靜的王，聽到這裡也是眉頭深鎖。

——愛迪斯肯定發生了什麼事——

利迪爾屏住氣，十指緊扣放在胸前。

開口想繼續問些什麼，卻發不出聲音來。王輕輕制止了他，說道。

「維漢，有事拜託你。找一批諳雪性的人，讓他們以祝捷的名義前往愛迪斯。記得以正式使節體制操辦。有利迪爾的姊姊這層關係在，對方應該不至於拒我們於門外。賀禮就交給薩奇哈準備。」

雖然北國愛迪斯和伊爾·迦納並無邦交，利迪爾本有意請父王幫兩國牽線，但還未履行正式手續。

王看著維漢繼續說。

「雖然覺得不太可能，但愛迪斯目前或許真受困於風雪之中。皇妃是大魔法師沒錯，但如果他真的在風雪中遭遇不測，王現在肯定是束手無策。我要你們借祝捷之名，確認皇妃是否平安無事。」

伊爾·迦納和愛迪斯既非同盟又相距千里之遙，古辛沒有任何理由為他們慶賀勝利。兩國因為相隔遙遠而未起干戈，如果近在咫尺，也是伊爾·迦納要防範愛迪斯的入侵。即便如此，還是要憑著利迪爾這層牽強的關係，派人去探查愛迪斯的狀況。對於這種突然來訪的遠方王國使者，一般國家大多都是視而不見，弄不好還會被懷疑是間諜，十分危險。

「好。傍晚之前會過來回報。」

維漢鄭重其事地點點頭。

古辛一臉嚴肅地看向利迪爾。

「世上沒有無祕密的王家。如果利迪爾的姊姊真的在風雪中遇上了麻煩，我們沒有見死不救的道理。」

「王，謝謝你，可是不用為了我如此大費周章——」

「這並非大費周章。我伊爾·迦納本就應該掌握超大國愛迪斯的動向。若愛迪斯真有覆亡之勢，戰爭是在所難免，我國也無法置身事外。」

利迪爾摀住耳朵搖了搖頭，光是用想的就渾身發抖。

「利迪爾，抱歉說了不吉利的話。」

「不。你身為伊爾·迦納王，是該如此深謀遠慮。」

這也是羅榭雷緹亞嫁到愛迪斯的原因。利迪爾雖然不知道詳細的來龍去脈，但聽說當初愛迪斯是需要羅榭雷緹亞的力量來維持長久的和平，才要求埃維司特姆將他嫁過去。

若愛迪斯真的分崩離析——世界各國一定會蜂擁而上搶奪其領土。

很快城內便開始準備給愛迪斯的賀禮。老臣薩奇哈建議，雖說是喜慶之事，但因為是慶祝戰捷，不宜送太有來歷的物品，應準備高級奢華之物。

對此古辛下令「送賀禮只是藉口，盡量選馬上可以準備好的東西」。然而，事情很快迎來了變化。

第一個來報的，是名叫歐萊的大臣。他是個身材微胖、臉色紅潤、頂上無毛的男子。

正當利迪爾和王在政務室中閒話家常時，歐萊慌慌張張地走了進來。

「斥侯來報，說邊境有異狀。」

「維漢人呢？」

王問道。如果事態不嚴重，一般是由維漢裁定如何守住邊境，若需要進一步請示，也是由作為將軍的他來詢問王意。然而今天卻是由不諳戰事的大臣來秉告，實在不太尋常，利迪爾也皺起了眉頭。

「維漢閣下還在後院的大廳聽斥侯報告狀況。目前斥侯正陸續趕回來。」

「對方是誰？」

是誰來犯呢？論可能性是拉琉爾國，抑或是苟延殘喘的亡國殘兵，聽說有殘兵到利迪爾當初出閣時越過的山裡當山賊——

「目前……尚不清楚。」

「不清楚？是山賊嗎？」

「不。就人數來看不是山賊。應該是某個國家。」

「陣仗浩大嗎？」

「十分浩大，但目前還不確定有多少人。」

「弗拉多卡夫的餘黨應該沒這麼多人。是不是拉琉爾？看到軍旗了嗎？」

「據說是前所未見的裝備。回來的是哨兵，已另派老練的斥侯前往探查。」

「如果是大軍來襲，我是否該親自迎戰？」

「我也要去！」

利迪爾激動地說。

若王要出戰，勢必需要利迪爾的魔力。近來背後的魔法圓並不穩定，若不待在王身邊，魔力就可能會輸出到一半就中斷。

王一臉沉重地起身，這時一陣腳步聲傳來，隨之而來是重重的敲門聲。

「是維漢吧？進來。」

「——大事不好了，陛下。」

「怎麼了？」

「可能是加爾耶特。」

「加爾耶特？那個東方大國？他們不是才吃了愛迪斯的敗仗嗎。是不是搞錯了？會不會是使者？」

未經許可的越界者基本上就會被視為敵人。當時在看到古辛的迎親隊伍時，利迪爾方一瞬間也以為是軍隊。

「使者不會射擊守衛，應該是在進軍。」

「可是他們並沒有向我們宣戰，不是嗎？」

「不知道，沒有收到。」

維漢瞪了歐萊一眼，幾乎要把他嚇到貼在牆上，連忙點頭稱是。

「立刻派出使者詢問對方來意，不可輕易出兵交戰。只派出斥侯前往偵查，若情況許可就抓幾個人來驗明身分。」

「好。」

維漢說完，便甩披風轉身離去。

不知道是不是對偵查這個詞有了反應，居里不斷「啾！啾！」地尖聲啼叫。

「王……」

利迪爾惴惴不安地靠在王身上。王嘆了口氣，輕撫他的背。

「情況還不明朗。雖然維漢說是加爾耶特，但實在有些令人難以置信。對方說不定是偽裝成加爾耶特的山賊，這時若冒然出兵與之交戰，可能會惹怒真正的加爾耶特。」

「加爾耶特……是之前和羅榭雷緹亞哥哥他們打仗的國家對吧？」

「對。按常理判斷，一個戰敗國怎麼會立刻出兵呢？而且還是攻打我們這個遠在天邊的伊爾．迦納。」

愛迪斯已經很遠了，加爾耶特可是比愛迪斯更遠的東方國家。就地理路線而言，也不可能是侵略愛迪斯之餘**順道**進攻。

「加爾耶特很強嗎？」

「很強，雖然腐敗黑暗，但終究是個帝國。愛迪斯也是和他們交戰三年才分出勝負。」

「他們怎麼會來伊爾．迦納呢？」

「我也不知道。如果此行意在侵略，未免也走得太遠了。如果是要占領通往北方的港口，應該會去攻打更西邊的國家……或者是——」

王突然沉默了。

「古辛……？」

「沒事。總之現在還不能排除任何可能性。可能是侵略，可能是偽裝成加爾耶特的其他軍隊，可能是弗拉多卡夫的餘黨，又或是**看錯了**。」

古辛說，若對方在他們佯裝不知的這段時間自動退兵，就不會繼續追究。吃了點虧也無所謂，因為他不想和帝國正面交戰。

古辛走到桌邊。

「居里。可以去邊境一趟嗎？記得不要靠太近，一定要遠於弓箭射程。」

只見居里眼睛一亮，立刻就要展翅飛翔，利迪爾急忙走到窗邊打開壺蓋，從裡面拿出居里的碎肉乾零食。

「路上小心。一定要保持距離喔。」

他將肉乾拿給居里叮嚀道，居里抓起肉乾便往窗外飛去。

利迪爾目送牠離開，一往外看才發現，城裡的氣氛十分反常。外面到處都是人，穿著黑衣的士兵來來去去，有如被灑水的螞蟻群一般混亂不堪。還不斷有人騎馬衝進城裡。

他從沒在埃維司特姆看過這般情景。之前和弗拉多卡夫交戰時也不見如此慌亂。

居里還需要一段時間才會飛到邊境。

維漢在露臺彙整情報，說是釐清敵國身分後就會立刻來報。

之後不斷有人來報告最新狀況，但已知資訊仍只有「疑似加爾耶特軍的軍隊正大舉逼近」。

沒有人看過加爾耶特的軍隊。加爾耶特是遙遠的大國，兩國之間並無交集，就連來者是真是假都不確定。

王沉思一陣後起身。

「居里應該快到了。」

水鏡位於寢殿，王帶著利迪爾走至水鏡面前。這面水鏡與居里的眼珠締結了魔法契約，利迪爾將手扶在水瓶邊緣傳送魔力，影像便鮮明起來。

水鏡映出了居里看到的畫面。

看見一片青綠的景色，看來牠正飛過樹木和森林上方。離邊境還有一大段距離——然而接下來的畫面，卻令利迪爾倒抽了一口氣。

——那是什麼？

只見很遠、很遠的地方有一大片黑壓壓的隊伍。一顆顆黑點正沿著禿山而下，不停往前移動。

「這是……」

王呢喃到一半便沒有說下去，張口結舌地盯著水鏡。那是看上去簡直像是綿延在山間黑色河流的人群。這道浩瀚的人流正綿延不絕地往山腳——也就是這裡的方向前進。

「利迪爾，你待在這裡。」

「王呢？」

「我去找維漢。」

「我也要去！」

刻不容緩。走出寢殿的王沒有像平常一樣配合利迪爾的速度，利迪爾則小跑步跟了上去。

「這是怎麼回事？那是——那是軍隊嗎？」

「沒錯。是某國的軍隊——應該是加爾耶特。」

「剛剛除了人影，沒看到別的東西。」

「看人數就知道了。只有帝國才有如此大陣仗的軍勢。愛迪斯不會從那個方向來，緒汀帝國也不會經過那裡——最有可能的就是加爾耶特。」

王邊下樓梯邊說完，大聲喊了兩次維漢的名字。

維漢聞聲立刻走來，身上盔甲也隨著腳步嘎吱作響。

「什麼事？」

「居里飛到邊境了。從方向和陣仗來看，十之八九就是加爾耶特。下令即刻備戰，在未釐清對方來意之前不可放箭。」

「是。」

「——看上去有一萬兵力。」

聽到這個數字，維漢忍不住笑了出來。

「……這樣啊，那我軍就要總動員了。臥床的、尿遁的、關禁閉的，全都得出動。」

伊爾．迦納擁有七千兵力，但除掉邊境守衛和上了年紀者，實際上能動員的只有六千五百人。這還未扣除與弗拉多卡夫一戰中的傷兵。

「全員立刻出陣。我等等馬上過去。」

「是。」

維漢點頭，隨後看向利迪爾。

「陛下和我國就拜託你了，落花王妃。」

「好……！」

維漢行完禮後轉身大步離開，一下子便走遠了。

「戰爭一觸即發。你要待在隊伍的最後面，有危險就立刻逃走。」

「不用擔心。伊多也在。」

伊多已牢牢記住伊爾．迦納軍的陣法，包括重臣的配置、軍隊的暗號等。有了他和卡爾卡這兩個側近，王和王妃就是如虎添翼。

王溫柔地抱住利迪爾，露出愧疚的表情。

「對不起。」

「王今天一直向我道歉。我是這個國家的王妃，你的困境也是我的困境。一定會沒事的——」

要是我的魔力可以運用自如的話就好了——

利迪爾差點就要脫口而出。即便沒有把握，他還是打算將魔力供給古辛，而古辛也應允了。不安的陰霾籠罩著內心，他還是強打起精神，對古辛擠出一個笑容。

無論帝國再怎麼繁榮昌盛，國民再怎麼幸福安樂，也難保不會在一夕之間灰飛煙滅——

以往只有在書上才能讀到的歷史故事，如今卻即將在利迪爾的眼前上演，突如其來得令人不敢置信。

被海盜入侵的國家、沉入海底的國家、被大國滅亡的國家、被熔岩掩埋的國家、因地震而土崩瓦解的神殿城市，利迪爾雖然在史書上讀過，但總覺得那只是故事。

「已經破壞橋梁，但他們還是攻過來了！」

「他們有大砲。後方也很危險！」

「前鋒保不住了，後備軍隊補上！」

戰場陷入一片混亂。

亂了陣腳的戰馬不斷嘶鳴，與受傷的士兵交錯。傳令兵拚命地四處奔走，高聲傳達指令。

古辛等人的猜想沒錯，來者正是加爾耶特派出的遠征軍。約有一萬兩千兵力，人數是伊爾・迦納軍的將近兩倍。

他們並沒有正式宣戰，詢問來意也不理不睬，只是繼續行軍。這無疑是最侮辱人的態度，不把對方當作國家，甚至不當作人。不但不報上名來，也不提出條件，連投降的機會都不給，只打算用武力壓制對方。

這不是戰爭而是侵略──加爾耶特是在宣告不把伊爾・迦納當國家看。

不僅王還有大臣，所有人都是一臉疑惑。

為什麼加爾耶特帝國，會突然向遠在千里之外的王國進攻呢？他們有何目的？能得到什麼好處？如果是為了掠奪資源和奴隸，更應該去襲擊其他國家。

「──啊！」

利迪爾背後突然感到一股灼燒感，彷彿要將內臟吸出來似的。

他緊緊貼住馬背緩衝。下一刻，天空降下一道有如飛箭的閃電，幾秒後大地發出「轟隆！」一聲巨響。

那是王揮下的閃電，他人在前線戰鬥。

古辛是一國之君，也是軍隊的主要戰力，所以會以馭雷魔法王的身分在前線迎敵。

利迪爾則待在軍隊後方向他輸送魔力，以增強雷電的威力。

「利迪爾殿下！」

在一旁護衛的伊多見狀，一臉憂心。利迪爾手握轠繩，抬起頭。

「沒事，還可以繼續。別管我了，王的雷電威力有變弱嗎？我的魔力還夠嗎……？」

利迪爾不斷受到衝擊。他從未看過伊爾．迦納軍苦戰至此，雙方的軍力差太多了。即便有王的雷電魔法攻擊，還是無法彌補實力落差。

前方不斷傳來後退的號令，本在邊境外迎敵的伊爾．迦納軍，如今已被逼退至河流內側。

——為什麼？

利迪爾痛心疾首。

為什麼加爾耶特會攻過來？為什麼沒有給出商量的餘地和任何讓步的空間，就大舉入侵伊爾．迦納？

利迪爾多少明白了。

若這樣繼續交戰下去，輸的只會是伊爾．迦納。雙方實力完全不在同一個級別上，不僅兵力遠少於對方，砲彈的新舊程度也相差甚遠。

「唔——！」

王再次提取了利迪爾的魔力。

他好恨為什麼傷疤要變淡。相較於與弗拉多卡夫作戰之時，魔力足足降低了三成。

如果——能像當時一樣，讓王的雷電爆發出烈日般的威力，這場戰爭應該還有勝算——！

利迪爾默默拔出短劍。

只要——只要像上次一樣將劍刺入魔法圓，應該就能使出當時的威力——

伊多見狀，趕緊按下利迪爾握著刀柄發抖的手。

「殿下三思。陛下說過不許您再這麼做。」

「管不了這麼多了——沒有什麼比王的死活更重要——！」

他推開伊多的手，就在這時。

前線傳來一陣叫喊聲。

「王妃！——利迪爾王妃！」

只見卡爾卡邊喊邊從前線的方向跑來。

「請您立刻撤退！快！伊多閣下！快帶王妃撤退回城！」

「利迪爾殿下。」

還沒搞清楚狀況，伊多就拉著王妃手臂，壓著馬頭轉向。一陣喊聲不斷從前方靠近。

「保護王妃撤退！敵軍要抓王妃！」

「保護王妃！」

敵軍從正中央突破前線，只見三排軍馬來勢洶洶地衝了過來。士兵個個披著銀色盔甲，拿著盾牌，壓低身體衝鋒陷陣，將沙場弄得塵土飛揚。無論伊爾・迦納的士兵如何揮劍攻擊、策馬阻擋，他們仍繼續往前衝刺。

「……王妃——利迪爾殿下！」

伊多急得放聲大叫，猛踢利迪爾座騎的側腹。

敵人正直直衝向利迪爾。

——或者是——

原來當時王沒有繼續說下去的，就是這個可能性啊。利迪爾一般都是在軍隊的最後方，即便戰死，也是在全軍覆沒後最後犧牲的人。

從加爾耶特的行動來看，早就定好了萬全的劫妃計畫。

「！」

利迪爾將馬調頭。雖然放心不下王，但如果自己今天死在這裡，就再也不能為王提供魔力了。

非逃不可。非用最快速度往伊爾．迦納城牆內衝去不可。

「駕！」

利迪爾大叫一聲，驅馬而行。

座騎不明所以地跑了起來。一陣地鳴般的沉重馬蹄聲緊追在後。

沒有時間回頭查看。只能相信一定可以順利逃脫，駕著馬狂奔，即便只是拉開咫尺的距離都好。

「利迪爾！快逃！」

「古辛?!」

王趕在劫妃士兵身後，從前線騎馬追了過來。

「是！」

利迪爾踢了一下馬腹，但還是被一隻棕馬追到身邊。馬上騎兵臉上沾滿鮮血，穿著銀色盔甲，眼神銳利地盯著他。急忙往反方向看，同樣來了一個滿臉鮮血的銀甲騎兵。

利迪爾心想逃不掉，拔劍準備作戰。

「利迪爾！」

一名騎兵抓住利迪爾的側髮。他急忙用劍削髮逃生，徒留金色的髮絲在空中閃閃發光。

王騎著馬殺進利迪爾與敵軍之間。伊多也從另一側擠了進來。

如果對方只有兩個人還好辦，但這三排劫妃士兵有將近三十個人，一下子就被團團包圍起來。

我方士兵也立刻加入，開啟了一場混戰。

利迪爾拚死擋開揮砍下來的劍，卻還是敵不過那有如斧頭般的大刀。

他很擔心劍被擊落，為了保命，還是硬著頭皮與對方硬拚。就在這時，一個黑影衝到騎兵眼前。

「嗚哇！」

鋒利的爪子扎入雙眼，騎兵摀住臉。

是居里。

「居里！不可以過來，快離開！」

因為討厭人類，居里平時只負責偵察，從不靠近人類。儘管如此看到利迪爾身陷危機，奮不顧身飛來救援。

「居里！」

牠不斷拍動羽翼，攻擊銀甲騎兵。

「不可以，居里！快逃！居里！」

利迪爾高聲叫道，同時見敵人向他砍來，急忙用劍擋住了利刃。他用餘光瞄到敵軍朝居里揮劍，卻無暇確認牠的安危。

「利迪爾！」

「古辛！」

身處二十人的混戰之中，兩人能做的只有呼喚彼此的名字。

「你快走，古辛！」

礙於身邊不是只有敵軍，無法召喚雷電。任何人遭到雷擊只有死路一條。

「快走，求你了！」

沒有人可以取代王。對國民如此，對國家如此，對利迪爾更是如此。

「唔——！」

敵軍將利迪爾的劍壓到他的臉前，細長的刀身不斷發出嘎吱嘎吱的悲鳴。

——撐不住了——！

他的力氣本就不敵對方，更糟的是，另一邊又有劍光向他揮來。

萬事休矣。

正當這麼想時，一道黑影蓋住雙眼。雖然他抓著韁繩，卻還是失去平衡摔下了馬背。

「嗚……」

利迪爾重重摔落在地，塵土迷濛之中，看見了再熟悉不過的古辛臉龐——還有插在他背上的長劍。

回過神來，利迪爾發現自己孤身站在一片黑暗裡。

雖然伸手不見五指，他卻知道身處於一個球體之中，圓弧形的牆壁上有許多畫面在流動。

第一次摸到魚的那一天，陽光從枝葉縫隙照進埃維司特姆的王城中，獨自踩著幼小的腳步不斷奔跑。在葉脈上爬行的蟲子、波光閃耀的石上流泉、母親的手溫、和哥哥玩積木的觸感、侍女烤麵包的香味。各種畫面伴隨著鮮明的觸感，從利迪爾的頭上源源不絕地流向腳下。

這是什麼時候的事呢？

伊多哭紅了雙眼。父王在王位上啜泣。

坐在狹窄的馬車中，感覺快要喘不過氣，凝視著座位的裂縫。

這是要去哪裡呢？

以前因為一些原因，國民都以為他是公主，所以利迪爾很少出城。

這是哪裡的地平線？這座山……這座森林又是哪裡？

畫面開始扭曲。

河的對岸好像有什麼東西。看起來像是軍隊。其一望無際的大陣仗，簡直就像一幅戰爭畫卷。河面波光粼粼，岸邊的轎子也閃耀著金光，旗子在森林前方隨風飄揚——甚至還有大象。

一個人影出現了。

有著小麥色肌膚、濃密的黑髮。

那人來到身邊，利迪爾卻看不清他的臉。

兩人間似乎隔著一層薄布。

——我是……

誰？

利迪爾想要問個清楚，但無論怎麼用力都發不出聲音來。只能眼睜睜看著影像逐漸扭曲，最後消失在白光之中。

不。別走——別走——

向白光裡的殘影伸長了手，卻是觸不可及。眼見著殘影就要消失。

「王……呢？」

利迪爾被自己的聲音驚醒。

織有羽翼圖案的床頂印入眼簾，認不出來這是哪裡。

「利迪爾殿下……？」

感覺有人靠了過來，聽聲音是個年輕男子。

「陛下沒事。」

男子握住他的手顫抖不已。

「太好了……！您昏睡了好久，擔心死我了。」

那是一個哭紅雙眼，淺棕色頭髮的男人。

是誰？

利迪爾對這個人毫無印象。意識到應該是睡在床上，卻不解自己為什麼會睡在這裡。環顧四周，這是一個陌生的房間。牆上貼著異國風的壁紙，大理石上是未曾見過的圖樣，布是未曾摸過的觸感，就連壺也是奇形怪狀。

在這個既陌生又詭異的空間醒來，還以為自己在作夢。男人熱淚盈眶地對他說。

「陛下受傷了，幸好生命無虞。只是傷口很深，必須多加休養，所以目前在另一間房間療傷。」

「你說的陛下……？是誰？……父王。父王呢？」

「不，是古辛王。就是您剛才說的那個人。」

「我剛才說的那個人？」

「是，您剛才問了『王呢』。」

「……」

有嗎？被這麼一說，似乎真有這麼一回事。但王到底是誰？父王嗎？古辛是何人？

利迪爾想要起身，卻聽到布摩擦的聲音。

「您別急著起身。利迪爾殿下您落馬撞到頭，昏迷了整整半天時間。」

「……我嗎？」

怎麼會落馬？試著回想，頭部深處卻傳來一陣劇痛。下意識地扶住額頭，才發現額頭上裹著布。

好痛。腦袋正中央發出錐心刺骨的疼痛，一股噁心感湧上喉頭。

「嗚……」利迪爾呻吟出聲，彎腰抱頭。男子急忙輕撫他的背。

「是。當時真的是九死一生。陛下和您雙雙落馬，我和卡爾卡閣下眼看就要守不住了。千鈞一髮之際維漢閣下突破重圍殺進來，將陛下和您平安送回城裡。誰也沒想到事情會變成這樣——」

男子十分賣力地哭著說明來龍去脈，利迪爾卻一頭霧水。

卡爾卡是誰？維漢閣下又是誰？城裡——這裡看起來並不是埃維司特姆的王城啊。

「你是……誰？」

「……利迪爾殿下？」

男子愣了一下，隨後便破涕為笑。

「是我，伊多啊。既然您還有力氣開玩笑，那我就放心了。如果身體沒有大礙，我先去向陛下稟報您醒過來的消息。陛下很擔心，聽到您安然無恙，肯定能緩解他的傷口之痛。」

「……伊多——？你是伊多？怎麼可能。伊多年紀還小，頭髮長長的，哪像你穿得這麼奇怪。」

伊多是城中文官之子。每天都會來王城學習城中禮節和照顧自己，一同並桌上課。他還會幫自己抓蟲，一起分食點心。上次掉進池塘時，還是他把自己救出來的。伊多才不是這種個子高高，聲音低低，像大人那樣講話——可是——長相，瞳孔的顏色——正是伊多。

「利迪爾殿下？」

伊多的眼神中滿是訝異，利迪爾還是摸不著頭緒。這裡是什麼地方？伊多是他認識的那個伊多嗎？自己的手——為什麼變得這麼大？

一陣劇烈的頭痛襲來，利迪爾雙手抱頭。眼皮內側一片閃著強光的白色。沒錯。眼前這個人確實是伊多。但為什麼成了這副模樣？這雙手也確實是自己的。但怎麼多了一道傷痕——？

「利迪爾殿下。您是認真的嗎？」

「等等——等一下。這裡是哪裡？你真的是伊多嗎？」

這已經超出他的理解範圍，以至於完全搞不清楚狀況。

這是哪裡？如今又是何年何月？

「這裡不是埃維司特姆嗎——？」

伊多睜大錯愕的雙眼。

這似乎就是他的回答。

利迪爾一臉茫然地躺在床上。

頭上包著繃帶。手肘擦傷，全身上下到處都是腫痛的瘀傷，關節嘎吱作響。腦袋也因為發燒而難以思考。

醫生很快就趕來了。利迪爾的身體並無大礙，也沒有骨折，只是墜馬時撞擊到左半身，四處都是瘀青和擦傷。

來的是一名個子瘦小的老醫生，他問利迪爾幾個問題後，沒有對利迪爾本人說什麼，而是對一同前來的老臣薩奇哈說。

「王妃殿下似乎記憶出了問題。」

一旁的伊多悲痛地皺起眉頭。

「王妃殿下認得字，也記得地理位置。但想不起今天以前的事。身體並無大礙，只是失去近十年的記憶，就像我們想不起五天前晚膳吃了什麼一樣。」

醒來前做的夢。那些影像不斷流動，最後消失在大腦深處的畫面，竟是回憶粉碎的瞬間。

唯一順利回想起來的就只有伊多。沒錯。他確實是伊多。但也僅只於此。不記得為何和伊多同在此地。

「狀況雖然令人擔心，但值得慶幸的是心神狀況無礙，並沒有退化成小孩子。生活還能自理。目前記憶的連接點可能發生混亂，但應該很快就能穩定下來。」

「這——這治得好嗎？」

伊多探出身子問道。醫生面露難色。

「撞到頭而損傷記憶的狀況時有耳聞。有些人康復如初，有些人卻一輩子都沒有再想起來。不過，殿下的言語表達並無問題，就算失憶也不會危及性命。」

「怎麼會這樣……」

「我會開安神藥和消瘀腫的藥給殿下。若出現噁心想吐的狀況請通知我——王妃殿下。失憶雖然無藥可治，但有些人身體恢復後自然就想起來了，所以還請您專心養傷。」

醫生鼓勵完利迪爾後便離開了。

利迪爾是嚇到了。但奇妙的是，並沒有感到非常害怕。雖然失憶了，但至少沒有生命危險。如果這裡就是現實，除了在這裡生活也別無選擇。

利迪爾深深嘆一口氣，在伊多的攙扶下倚靠在堆在床上的抱枕上。他看著天花板發呆，上面畫著大鳥和一些沉穩內斂的圖樣。

這裡就是伊爾．迦納嗎……

他真來到了**那個**伊爾．迦納？

利迪爾不敢置信地閉上雙眼。

並非回到兒時，而是記憶受損。

再次看向自己的手。即便已經習慣，卻依然很沒真實感。他確實是他自己，但怎麼樣都想不起今天早上是怎麼起床的。

不過利迪爾還是鬆了一口氣。身體還能動，語言也還通。雖然可惜遺忘了在埃維司特姆王城中那些舒適自在的時光，但回憶再創造就有了。

伊多告訴他，現在自己就住在這裡，這裡的王對他疼愛有加。若所言為真，利迪爾打算繼續為王鞠躬盡瘁。即便失去記憶，王還是他的救命恩人，這是不會改變的事實。

昏暗的房內，伊多坐在床邊的椅子上。

影子在燈火照耀下，不斷於牆上晃蕩。

「利迪爾殿下，您記得從小被當成公主養大的事情嗎？」

「記得。」

大家一下叫他公主，一下叫他王子。不僅讓他穿女裝，見他喜歡爬樹，還要求不可再爬。每隔幾天，負責教育的艾爾克莉女官長就會幫他上課，只有這時他會穿上女裝，學習公主的言行舉止和身段禮儀。利迪爾很不喜歡上課，有這種閒時間，倒不如到陽光璀璨的庭院裡摘樹葉、數蟲子，又或是到沙坑做沙山玩。

「您知道為什麼嗎？」

「他們告訴我，我長大後必須到一個名叫伊爾．迦納的國家當大使。嗯……可是，我並不清楚，這和當公主有什麼關聯……」

利迪爾抱住發疼的頭。

——我長大得要去一個叫作伊爾．迦納的國家不可。非和那的國王談一件很重要的事不可。

腦中響起自己年幼時的聲音，鮮明得彷彿是昨天發生的事。緊接著是大臣們的耳語。

——聽說利迪爾殿下要代替羅榭雷緹亞殿下，以公主的身分嫁到伊爾．迦納——

——真是可憐。

就是在這時發現事有蹊蹺的。在這之前還以為這是一個氣派的任務，只要快快樂樂地踏上旅途，請求晉見伊爾．迦納王就好。

「利迪爾殿下，您以公主的身分嫁到伊爾．迦納，並順利與陛下完婚，成為這裡的王妃。」

「男兒身的我，成了王妃……？」

「是的。多虧陛下的寬容與厚愛。」

從剛才開始，伊多就一直在幫利迪爾確認記憶，回顧過去發生的事。

「您克服重重困難，恪守王妃本分。廣受國民愛戴，與陛下鶼鰈情深……」

說到語尾，伊多的眼眶泛起熱淚。

「然而如今——」

像是無法忍耐下去，他顫抖的手緊緊抓著膝蓋，淚水也不禁奪眶而出。

利迪爾為他感到難過。

聽著如此悲傷的故事，只覺得置身事外，一點真實感都沒有。

伊多是這麼說的。

十七歲那年，利迪爾假扮公主嫁給伊爾．迦納王。打算在新婚之夜坦白一切，以自己的性命作為交換，乞求他放過埃維司特姆的國民。而伊多也以護衛的身分捨命陪在他身邊。

然而王一開始就知道利迪爾是男兒身。早就看穿他們的謊言，卻還是娶了他當王妃。

出嫁、婚禮儀式、王。利迪爾拚命地回想，就是一點印象都沒有。

「我一直待在您身邊十分清楚。您是真心愛上了古辛王，過得十分幸福。」

對方是王，是王妃的伴侶。但利迪爾卻想不起他的長相。別說要接受這一切，甚至嚴重懷疑自己被騙了。

他記得在埃維司特姆出生長大。也記得王城的模樣、十三歲的伊多、出嫁後偶爾回來母國的羅榭雷提亞哥哥，還有親密無間的二哥司特拉迪雅斯，卻沒有那之後到剛才醒來前的任何記憶。

從記得伊多容貌和其他事情來推測，記憶應該停留在七歲的時候。但他並非每件事都記得，侍女瑪爾，或者王城後院新蓋好的鐘塔就完全沒有印象。

「然後……我和王一起出戰，落馬了是嗎？」

據說利迪爾與王在伊爾・迦納過著幸福的生活，然而某個大國卻突然大舉進攻。利迪爾是與王完成契約的**魔法師**，待在隊伍的最後方為王提供魔力。

利迪爾感到莫名其妙。他根本沒有魔力，怎麼會當上魔法師呢？難道在那場複雜的婚禮背後，還有什麼基於謀略必須要自稱魔法師的理由嗎？

據說好不容易才擋住敵方的第一波攻擊。

武強國伊爾・迦納本就擁有大規模軍備，對方雖然越過了邊境的河流，幸好即時毀掉下一座架在深河上的橋。再加上彼時太陽已然西下，敵軍暫時無法繼續進攻。工兵們也趁著這段時間出動建造防禦設施。

如今是暴風雨前的寧靜，等到太陽東昇，戰事必然再起。

「沒錯，古辛王是馭雷魔法王。有了您的魔力輔助，眾臣都勸他登基為大帝。」

「這就怪了。」

利迪爾滿心疑惑，終於忍不住開口。

「我沒有魔力。微乎其微……只能治療小傷的程度。怎麼可能……提供魔力給別人。」

兒時曾在森林裡遭到盜賊攻擊而掉入低窪處。被剛裂開的尖銳岩石傷到背後，導致魔法紋斷裂。傷口很深，阻斷了魔力循環，之後自己的魔法圓便成為裝飾。母親也因為自責而跳崖身亡。

究竟母親離世是真？還是擁有魔力是真？此時的利迪爾已分不清虛實。

「這……說來話長，我們明天再說吧。」

伊多摸了摸利迪爾的手安撫道。利迪爾這才發現，自己左手上戴有一枚戒指。這枚戒指大而華麗，上面的寶石好像在哪看過——

「這是……母后的寶石……？母后還活著嗎……？」

肖像畫裡母親手上就戴著這顆寶石。大家都誇畫師將這顆寶石畫得唯妙唯肖。並且所有人都異口同聲地說「不過實物要比這更美麗」——

難道說背上的傷，母親的死都是一場夢？

「明天再說吧。」

利迪爾沒有力氣纏著一臉悲傷的伊多說下去。如果母親還活著就另當別論，但似乎並非如此。

利迪爾重振精神，看向手上的戒指。

「這樣啊。這顆寶石是在哪裡找到的呢？改造得真是漂亮……『無論兩人之後轉生到哪一個階級……都必須相守相愛』……這是王命人刻上去的嗎？」

「是的。」

伊多含淚點了點頭。

利迪爾試著想起這位深情的王，但只要一回想頭就劇痛不已，記憶像薄紗一般飄渺搖盪，最終還是想不起來。

伊多輕聲對凝視著戒指的利迪爾說。

「您現在還處於混亂的狀態。見到陛下就會想起來了。」

「……王人呢？」

「處理完傷口後就睡著了。似乎傷得很重。」

聽說王受了重傷，不僅後肩和下腹都有劍傷，骨頭也斷了好幾根。薩奇哈說，若是瘦小的利迪爾受這種傷大概已經沒救了。

「他保護了我，對吧？」

「對。我親眼看到的。」

就在利迪爾看著伊多淚如雨下這時，有人輕敲了房門。一個身材苗條，頂著一頭榛果色柔順髮絲的年輕男子走了進來。

「陛下剛才醒了。他十分擔心王妃殿下。殿下走得動嗎？」

利迪爾對這個男子毫無印象。

「我可以。」

利迪爾告訴伊多後，伊多轉頭對男子說：「殿下說他走得動。」

所幸雙腿並沒有骨折。肩膀瘀腫，臉頰擦傷。右耳上方有個腫脹的傷口，醫生推測這道傷口就是失憶的肇因。

利迪爾撐起疼痛的身體，在伊多的攙扶下好不容易才順利起身。他撐著椅背小心翼翼地走了幾步。

身體有如石頭一般沉重，四肢也無力到令他匪夷所思。全身瞬間冷汗直流。他急忙伸手找牆撐住身體。腦袋裡像有人在用茶匙攪拌似的，根本無法站穩——

「利迪爾殿下。切勿逞強。」

「我可以走。伊多，你扶著我。我得去探望王，向他道謝。」

雖然想不起王的身影，但王在戰場上挺身守護了他，是救命恩人。

——我的夫君——

這句話在腦海中一閃而過，但僅是聲響，記憶中沒有和這句話成對的情緒。

「只要見到王……或許就能想起什麼。一定可以的。」

「利迪爾殿下……」

這話是在激勵自己，也是在激勵伊多。利迪爾在伊多的攙扶下，單手撐著牆，一步一步走向王的寢間。

房裡有人在說話。

他們壓低聲音在討論什麼，氣氛相當沉悶。

只見房裡燈火通明，約有十個人圍在王的床邊。

眾人一看到利迪爾，立刻放鬆表情，為他空出床邊最近的位置。

這座床十分寬大。床頂和被褥上都蓋著厚實的刺繡布料，垂著金色的流蘇。

一個男人睡在枕頭堆中。身上四處都纏著布，頭髮因為沾到凝固的血而結成一束一束的。床單上也沾滿血跡，表情看上去十分痛苦。

他就是古辛王——

有著小麥色的肌膚，結實壯碩的體魄。年紀還很輕，身材相當高大。

利迪爾不禁倒抽一口氣。從沒見過渾身是血的人，因而感到十分嚇人。

他無力地睜開眼睛看向利迪爾，露出溫柔的烏黑眼眸。

「利迪爾——」

利迪爾被這麼一喚，身體內部立刻掀起陣陣漣漪。一股從未感受過的熱氣和振奮，隨之在心底悄然萌芽。

他立刻明白眼前的這個人對他而言非常特別，但還是想不起任何事情。

利迪爾反射性地伸出手——不是因為古辛是他的夫君，而是為了慰勞傷者——將身體靠在床沿凝視著他。

手指微微傳來王的體溫，細細的光絲也隨之在指尖繚繞。

眾人紛紛鬆一口氣。彷彿只要他來了，王的傷就會痊癒似的。

王氣若游絲，伸出纏著布的手，撫摸利迪爾頭上的布，又摸了摸臉頰。他的手熱得燙人，不知道是不是發燒了。

「你沒事吧……愛妃。」

「王……古辛王。」

利迪爾輕喚後，便沒有再說話。

眼前的人為了救自己而身負如此重傷，卻什麼都想不起來。那人的長相、聲音都是如此陌生，猶如兩人素未謀面似的。

他擁有美麗的異國五官。稜角分明的雙唇，一頭烏黑亮麗的秀髮看上去有如年輕猛獸，水潤的黑眸彷彿要將人吸引進去一般。如此令人難忘的精緻長相，利迪爾卻毫無印象。

如果據實以告，他會不會大受打擊呢？一想到可能會害眼前這個人絕望，就說不出話。

剛才來傳話的年輕男子悄悄對王耳語道。

「王妃殿下似乎很多事情都想不起來，但這應該只是暫時的。」

這番話令利迪爾如釋重負。

不想騙這個人，而且正如男子所說，只要趕快想起來就沒事了。

利迪爾輕輕點了點頭，隨後握住王的手，竭盡全力注入治癒之力。雖然治癒力量微弱到只能幫傷口止血止痛，但至少能讓眼前這個溫柔的男人舒服一點。

「……唔……」

王回傳的感覺伴隨著尖銳的刺痛感，就像摸到帶刺的野草一般。利迪爾不禁倒抽一口氣。他的傷口好深，深得驚人。

還在流血，傷口周圍也腫得厲害。利迪爾只有微弱的治癒之力，他知道自己無法治癒如此嚴重的傷勢，起碼能稍微減輕疼痛。

治療到一半，利迪爾突然注意到眾人失望的氣息。

他不禁感到莫名其妙，這是怎麼回事？難道這些人以為他可以瞬間治好如此嚴重的傷勢嗎——

「利迪爾殿下，這是——」

一個男子疑惑地說，只見王輕輕搖了搖頭，阻止他繼續說下去。

「這也難怪……經歷如此駭人的攻擊，精神當然會大受打擊……聽說你受傷了，痛嗎？」

很痛，但和他的傷比起來根本不算什麼。

利迪爾搓了搓他的手心後搖搖頭，王露出有些落寞的笑容，用沙啞的聲音輕問道。

「可以給我……花嗎？」

「……花？」

利迪爾疑惑地看向身邊的男子。是花瓶裡的花嗎？還是庭院裡的花？

男子原本面無表情，見此情況也皺起眉頭。利迪爾見他不發一語，只好轉頭向伊多求救。伊多立刻過來對他耳語道。

「陛下是要您的花。是來探望，應以暖色的花朵為佳。請您不要太勉強，少量即可。」

利迪爾還是一頭霧水。

「我……在這裡種了花是嗎？是要去摘花過來的意思嗎？」

記得埃維司特姆的氣候適合種花，王城裡到處都開滿五顏六色的花朵。花園裡隨時都有老園丁，或是對工作還不熟練的年輕侍者在打點。利迪爾也曾去幫忙他們。王城庭院中央有一道不斷湧出的親睦之泉，用長柄勺舀起光芒閃耀的泉水灑在花園裡，一朵朵花兒便開心地伸展綠葉，搖曳著綻放花蕾。

「利迪爾殿下。您連這個也不記得了嗎？您從小就很會從指尖生出花朵，紅花、藍花、白花，甚至是落花都是信手捻來啊？」

伊多半笑著說。然而利迪爾卻感到困惑不已，有這回事嗎？他以前真的做得到嗎？他試著在手上生出花朵，但只有些許治癒之光在指尖發亮，完全不見花的蹤影。

「這、這。您以前說是十分簡單的事。只要想要隨時可以做到，就連在百般無聊的出閣馬車中，您也能生出許多可愛的小花。這對您而言應該是再簡單不過的事。」

伊多的口氣不僅止於說明，還參雜著說服。正當利迪爾屏氣凝神地聽伊多說話時，王一把環住利迪爾的肩膀。無視手臂的疼痛，用溫柔的大手將利迪爾抱入懷中。

男子也將伊多拉開。

「……沒關係。」

王用枯啞的聲音說道。他瞇起水潤的黑眸，茫然地看著遠方。

「沒關係。利迪爾，只要你人沒事就好。」

萬念俱灰——

不知道為什麼，對這個感覺十分熟悉。心灰意冷，對自己倍感絕望，羞恥得想要原地消失。焦急的情緒令心臟內部灼熱不已，皮膚卻瞬間感到一股涼意。

面對這個滿身是傷的溫柔君王，卻接二連三地讓他失望。

能感到呼吸既炙熱又急促。

「對不起……古辛王——！」

不知道遺忘了什麼，只知道失去了極其珍貴的東西。

眼淚滴滴答答地往下掉。

他難過的並不是失去記憶，而是無法為他獻出原本擁有的一切。

伊多全身都在用力，克制住顫抖。

這種時候我更得振作——

無論如何激勵自己，一旦放鬆力氣就會瞬間淚崩。

利迪爾失憶了。失去記憶，也失去對古辛的愛意與魔力，此時此刻的他，就只是隻負傷的白鳥。

伊多不知道該以什麼立場，就連如何補救都毫無頭緒。如今比剛嫁過來時的情況更糟糕。所以就算只有自己，必須更留心周遭狀況守護利迪爾不可——

「伊多閣下。」

被這麼一叫，伊多才回過神來。卡爾卡以視線指向利迪爾。

利迪爾哭著靠在王的手上，傳送比兒時更加微弱的治癒之力。然而這點魔力不僅對王的重傷毫無幫助，再這樣只會讓利迪爾變得更虛弱。伊多被示意後，便走到利迪爾身旁。

「利迪爾殿下。先回寢殿吧。陛下得休息了。」

侍者將瘀傷藥和止痛藥放在王的枕邊，這些藥也有安眠的效果。

伊多將淚流滿面的利迪爾從王的身上扶起來。卡爾卡則從另一邊幫忙攙扶。

「這裡請，您狀況還好嗎？」

卡爾卡將兩人帶到隔壁的小房間。或許是要他們稍作休息後再回去房間吧。

伊多事前已將利迪爾失憶之事告知卡爾卡。說王妃仍有思考能力，只是失去長大後的記憶。

卡爾卡將一臉茫然的利迪爾安置在一張有扶手的椅子上，然後跪在他的身前。

「王妃殿下，您還記得我嗎？我是陛下的側近，卡爾卡．歐托馬。」

利迪爾無力地搖搖頭，然後用幾乎聽不見的聲音說「抱歉」。伊多這才驚覺，為什麼自己這麼不上心呢？利迪爾十分虛弱憔悴，心中又惶惶不安，甚至不敢多看周遭一眼，只能不斷輕抖著肩膀啜泣。這也難怪，記憶停留在七歲的無憂無慮的埃維司特姆，如今卻莫名來到這個烽火連天的陌生國家。

「王妃殿下，伊多閣下說您只記得小時候的事。這是真的嗎？」

利迪爾頷首，臉色就和大理石一樣蒼白。

「……只記得將來有一天非要去伊爾．迦納不可。但不知道為什麼會變成——」

一頭金髮散亂在臉旁，他呢喃道「這樣」。隨後便將滿是淚水的臉龐埋進手掌之中，抖著肩膀哭了起來。

卡爾卡注視了他半晌，立起單膝開始說。

「您原本是埃維司特姆的王子殿下，因故以公主——以王妃的身分嫁到我國，履行王妃之責。」

「……為了什麼？」

「為了借助您的魔法學知識。」

卡爾卡給出了明確的回答時，利迪爾的表情這才稍有放鬆。

冷靜的卡爾卡並非像伊多一樣，將現實一股腦地倒給利迪爾，而是像餵藥一般循序漸進，先將一些較能接受的片段告訴他。

「……這樣啊。」

「雖說如今王妃殿下無能為力，但待戰爭穩定下來後，還需要借用您的魔法知識。為了陛下，還請您好好休息，早日康復。」

「好……天亮後我會去摘花，帶著花去探望王。」

此時的利迪爾雖然筋疲力盡，但不再像剛才一樣惶惶不安，嘆了一大口氣彎腰抱住頭。

「來人，拿水給王妃殿下。」

卡爾卡一吩咐，待命的女官立刻拿著水瓶現身。

伊多瞬間叫住正準備回去王床邊的卡爾卡。

「——謝謝你，卡爾卡閣下。」

卡爾卡用那雙有些細長的眼睛瞅著伊多。

「我是在為陛下效力。你得冷靜下來，別再莽撞行事。」

「抱歉……」

伊多知道花朵一事錯不在利迪爾，而是自己失態了。是他沒有注意到利迪爾無法生花而慌了手腳，不僅沒有幫到忙，還傷害到陛下，將利迪爾逼入絕境。應該要一開始就確認好一切的。

正當他閉眼皺眉時，卡爾卡在他身邊停下腳步。

「還好嗎？」

「……還好。除了失憶以外並無大礙，雖說有瘀傷，但好在還能走——」

「我是說你。」

卡爾卡冷冷地說。

「請把臉頰傷口的血擦乾淨。最好換身能遮住手臂瘀傷的衣服。你走路一跛一跛的，冰敷過了嗎？用布固定起來應該會比較好走。」

「讓你見笑了。」

「如果你倒下，就沒辦法照顧王妃了。麻煩好好休息，明天打點好儀容再見人。陛下傷重在床，王妃也無法上戰場。還有盡量不要讓王妃來找陛下。他現在失去記憶，治癒之力也無法療傷。只會徒增陛下的煩惱。」

「對不起……」

「事發突然，也怪不了你。還有請不要再對王妃殿下說一些有的沒的。他是必須接受現實，但一味告訴他那些想不起來的事，只會讓他更受傷罷了。另外。」

卡爾卡放低音量，對低著頭的伊多留下一句。

「就算少了陛下，伊爾・迦納還是一個強大的武強國。即便對方是難纏的強敵，依然可以度過難關請放心。」

「謝謝你……卡爾卡閣下。」

以前只覺得卡爾卡很討人厭，沒想到他也有如此溫柔的一面。他自己明明手臂也受傷了，在這樣的狀態下居然還能從容以對。

對他的感情是自卑嗎？還是尊敬呢？無論如何，此時此刻更多的是感謝。

目送他沉默的背影離開後，伊多默默地嘆了口氣。

究竟是什麼原因——

如今在古辛床邊的那些人仍苦於找不出答案。

為什麼大國加爾耶特會突然進攻呢？

當時在戰場上，很明顯是衝著利迪爾來的。

為什麼是伊爾‧迦納——衝著利迪爾呢——

卡爾卡說得沒錯，現在是應該要讓腦袋休息一下，否則想破頭也想不出答案——

這王城好大啊。

探望完王後，利迪爾走在後城的走廊上，環視一周後心想。

這座巨大的王城是用石頭建造而成，比埃維司特姆的王城堅固許多。每走一步就傳來駭人的回聲。果然沒有關於這裡的記憶。

在女官和伊多雙雙攙扶下拖著身子行走。全身隱隱作痛，瘀腫的地方火燙燙的。

房間還很遠嗎。

感覺比來時還遠，利迪爾不經意地抬起頭，看見走廊底部有間敞開門的房間流露出燈光。

隨後幾名女官走了出來，慌張地在走廊上與他們擦肩而過。所有人都一臉悲痛。

「不知道怎麼了。利迪爾殿下您慢慢走，我先過去看看狀況。」

伊多說完便先行往前走去。

「怎麼了？這麼晚了出什麼事了？」

伊多邊喊邊進去房間。利迪爾等人也好不容易趕了上來。

只見寢殿裡有一個破掉的大水瓶。看上去是瓶的中央處出現一道歪斜的裂縫，因而延伸裂開。

幾個女官正在清理浸水的地板。利迪爾從剛才就覺得奇怪，為什麼寢殿裡放了這麼一個裝滿水的大水瓶呢？是這個國家的習俗嗎？但又沒有餘力詢問。

只見伊多青著一張臉轉了過來。

「瓶……居里牠——」

「居里……？」

利迪爾疑惑地重複這個陌生的名字。

就在這時，窗邊傳來一陣振翅的聲音，一個黑黑的東西直撲向利迪爾。

「居里！」

伊多首先高聲喊道。利迪爾本想閃躲，看到是鳥後，便順勢讓牠停在手臂上。這隻鳥很輕，但因為是疾速飛過來的關係，還是將利迪爾衝擊到門上，順著門滑坐在地。

「啾！啾！」這隻小鴞大聲叫著。

「牠、牠是居里。你沒事吧……！」

伊多將手伸向像被利迪爾以手臂環著停住的鴞的背後。

然而似乎是受到驚嚇，雙眼閃爍著銳利光芒，還不斷發出尖銳叫聲。

鴞受傷了，不僅翅膀上的羽毛亂七八糟，鳥喙還在流血。眼皮和爪子也都受了傷。

「這隻鴞為了救您，被敵兵擊落在地。剛才看到水瓶破掉，還以為牠已經不行了，幸好還活著。太好了——！」

「居里……」

鴞奮力抬頭看著利迪爾，一副想表達什麼的模樣。

利迪爾突然有一種感覺——必須抱住牠。於是小心翼翼地抱起居里，避免弄痛牠的翅膀。被抱入懷中後，居里一下子便鎮定了下來。

「這隻鳥名叫居里。是王養的鴞，和您特別親近。大概是看到燈火才飛進來的吧。」

「這樣啊。」

「牠是星眼鴞，打仗時……居里也會前往戰場，將看到的影像傳送到這個水瓶中。」

利迪爾這才搞懂水瓶和這隻鴞的關聯。

有些動物會藉由魔法為人效命。星眼鴞是一種可以締結魔法契約的鳥類。這隻鳥應該就是用這種方式為伊爾・迦納效力。

「謝謝……對不起，居里。」

利迪爾感到十分羞愧，竟想不起這隻受了傷仍勇敢飛回城裡的鳥兒。居里睜著一雙有如璀璨星空般的水潤大眼看著他。他也輕撫牠的頭到背予以慰勞。

「我想要看一下牠的傷。伊多，拿燈過來。」

「是。」

伊多露出無奈的笑容，將燈拿過來。

見鳥兒呼吸急促，利迪爾輕撫著讓牠平靜下來，然後坐到椅子上。

因為治療王的關係，利迪爾的手指從剛才開始就繚繞著綠色的光絲。

試著用殘光治療居里，利迪爾自己卻幾乎感覺不到效果。現在的魔力似乎比兒時還弱。

難道說魔力沒有隨著成長而增加嗎？是失憶害的嗎？還是身體太過虛弱的關係呢？

隨著女官清掉水瓶的碎片，把地板打掃乾淨，寢殿也再次恢復平靜。篝火將窗外照得微亮，外頭不斷傳來工兵的叫聲、馬匹的嘶鳴和敲打什麼的聲音。

利迪爾將居里帶到椅子上。在昏暗燈火的照耀下，一邊用溼布擦掉牠身上的髒汙，一邊抱著牠輸送治癒之光。不知道這有沒有幫助。

居里還是在他的臂彎中睡著了。

「對不起……對不起……」

利迪爾噙著淚水，輕摸好不容易平靜下來的居里。這時伊多走過來查看狀況，說「您差不多該休息了」，但王和居里都在受苦，自己豈有安睡的道理。

伊多見利迪爾搖頭拒絕，說：「您還是和以前一樣。」

「以前您也曾通宵達旦幫居里療傷。」

可想而知，利迪爾對此並無印象。

早晨，利迪爾前往庭院摘花。

河橋已毀加上城門深鎖，敵軍暫時不會進攻，但還是得防範敵人放出的弓箭，所以他只能摘取露臺下方的花朵。即便如此，他還是精挑細選出最漂亮的花，仔細綁成花束，帶去了王的房間。

王仍在熟睡。利迪爾的手指流露出微弱的治癒之力，他將花束交給女官，握著古辛的手祈禱了良久。

「王妃殿下，醫生來了。請您先移步其他房間。」

「……好。」

古辛傷得很重，醫生特別交代不要讓利迪爾看到。利迪爾已經忘了與這個人發生過的所有事，他並不想錯過眼前的任何現實。但他知道若在旁邊，王就得強忍疼痛，又或是刻意不說喪氣話，只會徒增王的困擾。

「……」

他默默離開了床邊。

這種無能為力的悔恨與痛苦，讓他有似曾相識的感覺。

女官和伊多攙扶他走到治療室的出口處。

「妳是女官長對吧？古辛王就拜託妳了，我等等會再過來。」

「王妃殿下，您也受傷了，還請好好休息。」

這個感覺也有印象，那是一種悲傷和愧疚，即便自己派不上用場，大家的態度還是充滿包容與體諒，對此只能全盤接受卻無以回報——

隔著門向女官長道別後，利迪爾佇立在走廊上，身邊只剩下伊多一人。一行淚水流下了臉頰，那火辣辣的感覺，彷彿在責怪他為何想不起來似的。

「利迪爾殿下……您想起什麼了是嗎？」

「沒有。我只是難過，看到王那樣心裡難受至此，卻還是想不起與他的任何回憶。」

他想要尋回兩人的回憶，就算只有一個畫面都好。那就像是看不見的物體，與悲傷混合在一起，在內心深處受了傷、發著抖，而他想要釐清這東西的形狀。

然而即便想破了頭，卻還是什麼都想不起來。就算是華麗婚禮的一瞬間也好，伊多說他們曾在草原上一起騎馬，策馬時露出的喜眉笑眼也罷，想取回與王的記憶。

「但我知道，自己愛過這個人。」

軀體在責備空虛的記憶。

他是如此深愛著王，愛到心跳不已、聲音顫抖、心痛難忍、淚眼婆娑。明明愛得至死不渝，為何就是想不起來呢？身體不斷怪罪他的心。

回到寢殿後，利迪爾開始尋找能夠找回記憶的線索。他找到一些埃維司特姆的衣服、陶瓷、書籍，不過都是近期的東西，對記憶毫無幫助。

他還發現了魔法學的研究手稿，看來自己之前似乎在繼續相關研究。翻了翻手稿，卻像是在看別人寫的東西似的，一點印象都沒有，但還是讀得懂內容。

看完手稿，利迪爾只知道之前熱衷於研究，且內容相當深入，但並沒有喚醒他的記憶。

聽說他與王完婚已一年有餘。從房裡的東西來看，從埃維司特姆帶來的行囊很少，也很努力在習慣這個國家的文化。只留下最低限度的生活痕跡，沒有任何引人注意或令人印象深刻的物品。

「……？」

他在桌上的信匣中找到一本小冊子。以藍染繩子裝訂成冊，用的是特別白的紙張，剪切得十分整齊，還配上淡藍色的封面。

這是什麼？利迪爾好奇地翻開冊子，就在這時，幾片花瓣從裡面飄了出來。是桃色的花。

花瓣有如冰雪一般，飄到桌上後便驟然融化。

——魔法之花……？

這應該是由魂幻化而成的花瓣，只要離開施法者就會融化，變回原本魂的模樣。看來這些紙應該沾染著微量的魔力。

翻到下一頁時，又飄下淡橙色的花瓣。

上面寫著文字。

「王剝給我吃的水果味道有點苦，但香氣濃郁相當美味。」

翻到下一頁，則飄下了藍色的花瓣。

「和王一起去看池塘。耳飾上的羽毛好漂亮，和他十分相稱。」

大概可以猜到這些花色都是為了留住記憶用心煉製的。花瓣的藍大概就是王耳飾的顏色。

這些花是自己夾進去的嗎？都是自己用心創造的花朵嗎？

繼續翻頁，每個小小的頁面上都寫了微不足道的小事。像是「王的手很溫暖」、「一起去看大象」、「看了篝火」。

每一頁都夾著代表著當時情緒的花瓣。

——可以給我花嗎？

這就是王想要的花。在失去記憶前，他能像這樣變出各種花瓣。利迪爾將兩人之間發生的小事視如珍寶。

「看了星星，和王約好要分工數星星有幾顆」、「今天有狗兒帶幼崽來庭院玩，白色的狗兒是幸運之兆」。

每一頁都夾著回憶之花，只要一翻開就會融化消失。

利迪爾的眼淚滴滴答答地落在紙上。

這些都是他的回憶。然而卻束手無策，只能眼睜睜看著這些花瓣消失。重傷在床的王想要的，不過就是這點微不足道的魔力，然而自己就連這點小事都無能為力。

現在的我能做什麼？

利迪爾緊握著筆。

即便遺忘了過去，他還是可以為王、為這個國家效力。應該有能替代那些花，只有他能執行的王妃職責。

利迪爾盯著一份奏疏，以粗黑炭筆寫成的字跡潦草凌亂，難以閱讀。

——若您願意相信老朽的話，我很樂意幫忙。

大臣薩奇哈坐在利迪爾的旁邊。他是自先王一代侍奉至今的老臣，總是披著一頭白長髮拄杖而行。年紀比利迪爾父王還大得多。

利迪爾必須替王處理朝政不可。他能讀懂文字，但不知該如何處置。

於是王和卡爾卡便建議向薩奇哈資政，最後再由利迪爾簽名。

這些奏疏大多都是請求支援戰爭所需的武器和糧草。又或是製造柵欄要用的木材、武器需要的油等，因十萬火急字跡也相當凌亂。卡爾卡和薩奇哈先讀過，若無不妥就請利迪爾署名，最後再由伊多確認內容是否會讓利迪爾招致抨擊。

唯有兩人無法擅作決定的奏疏，才會由卡爾卡拿去向王請示。由王口頭做出指示，直接交代身邊的大臣執行。

而利迪爾的桌上放了兩張地圖，分別是大陸地圖和伊爾．迦納的周邊地圖。必須在深思熟慮後，從魔法學的角度給予建言。再來就是隨時觀察天空、預測天氣，讓軍隊避開暴風雨，又或是告知如何運用天候動向來作戰。

奇妙的是，他雖然失憶了，但還是能精準地看懂天空和月亮的變化。

「王妃殿下。在卡爾卡從南棟回來之前，要不要先稍作休息？您還沒用午膳呢。」

薩奇哈對利迪爾說。

「不用。伊多也還沒回來，餓了再吃即可。薩奇哈大臣您先休息吧，聽說您有腰疾。」

王視作父親一般十分敬重的薩奇哈大臣，已是耄耋之年。平常都是由他監督朝政、為王提供建言，此等重責大任自然落到他的身上，但他不斷按壓眉心，長時間的閱讀似乎倍感吃力。

就在這時另一個大臣走了進來。不但沒有敲門，彷彿來到自己家似的傲慢地推開女官，進來後也沒有對利迪爾行禮。是個身材中庸、禿頭的大臣。整顆頭只有側邊長著斑白的頭髮。

利迪爾記得他名叫梅沙姆·雅。

只見他直直走向利迪爾，盛氣凌人地對他說。

「您在這裡做什麼？」

「什麼……意思？」

「您該做的不是這種誰都能勝任的書記工作。而是該拿魔法圓怎麼辦。和愛迪斯的皇妃連絡上了嗎？都已經落得這般田地，還有心情在這悠悠哉哉地看奏疏啊。現在當務之急，應該是想辦法成為大魔法師。」

「梅沙姆大臣。」

薩奇哈急忙起身制止，但他還是繼續咄咄逼人。

「看來落馬失憶的事情是真的。既然想不起來，就由我來告訴您吧。您失憶前一直想成為大魔法師。」

「大魔法師……？我？」

聽到如此荒謬的言論，利迪爾忍不住失笑出聲。

梅沙姆大概不知道他的魔法圓發生了什麼事吧。自兩歲那年受重傷後，就無法使用魔法。只剩下足以治療擦傷的治癒之力，和玩樂性質的手指生花之術，可以說是完全派不上用場。現在就連施展這些微弱的魔法都力不從心。這樣的自己要成為大魔法師簡直是痴人說夢，甚至不需確認真偽。

利迪爾不知道該說明到什麼程度。王城裡是怎麼看待自己的？大臣們知道背傷的事嗎？再加上卡爾卡曾叮嚀不要多說，根本不知道該怎麼向眼前的人解釋。

「您明明是男兒身，卻欺騙我們裝成公主嫁到伊爾‧迦納。陛下早就看穿了，但為了借助您的魔力，姑且讓您嫁過來。」

「不是魔法學的知識，而是魔力……？請等一下。我從小就幾乎沒有魔力，這簡直是無稽之談。」

「對，沒錯，那又是另一個謊言。埃維司特姆送來的不是魔法師，而是根本派不上用場的王子。您對我們說了兩次謊。」

梅沙姆的表情十分認真，完全不像在胡說八道。

「但您奇蹟似地恢復了魔力。因緣際會接起斷掉的魔法圓，變得能為陛下提供魔力。而您為了維持這分魔力、當上大魔法師，一直在設法連絡愛迪斯皇妃，也就是羅榭雷緹亞大魔法師。」

「不……不可能。就算是羅榭哥——羅榭雷緹亞皇妃，也無法將普通的魔法師升格為大魔法師。」

利迪爾知道自己的大哥羅榭雷緹亞，作為大魔法師嫁到愛迪斯。他的魔力十分強大，年僅十二歲就嫁到愛迪斯，成為未來可期的大魔法師。

即便羅榭雷緹亞魔力無邊，光憑他的力量要讓一般魔法師成為大魔法師，簡直是天方夜譚。

大魔法師並非由外力加持而成，必須以自身的魂與另一個空間的魔力泉源進行連結，才能夠獲得力量。要比喻的話，就像老鼠再怎麼樣也無法變成蝴蝶——唯有毛毛蟲這種天生注定能夠化蛹成蝶的生物——才能夠**成為**蝴蝶。

「不，您恢復了魔力，母國埃維司特姆的魔法機構已認證是大魔法師之才！」

見利迪爾還是搞不清楚狀況，梅沙姆不耐煩地大吼。

「我……？」

不敢置信。可是這個男人對他從小就被叮囑「不可以讓任何人看到」的背上的祕密瞭若指掌。甚至還知道機密的魔法機構的認證內容。

這人說的是真的嗎。難道他真的恢復魔力了？——而且魔法機構還判定他取回的魔力是大魔法師等級？

——這怎麼可能。

他不自主地呢喃道。痴人說夢也該有個限度。他有好幾年右臂都得用布固定，竭盡全力也只能使出小魔法。他照鏡子看過自己的背傷，傷口太深留下無法癒合的疤痕，白色的傷疤硬生生地截斷了黑色的魔法圓。

利迪爾正想告訴對方認錯人時，梅沙姆突然漲紅了臉，露出呲牙咧嘴的駭人表情。

「拜託快想起來，王妃。快想起打算成為大魔法師的事，想起和陛下比真正的夫妻更加情深的事！您解開了陛下身上的惡毒詛咒，還為陛下的雷電賦予了奇蹟般的神力。只要有您在，古辛王就有望登上大帝的寶座！」

「別再說了，梅沙姆。」

不顧薩奇哈的再三阻止，梅沙姆雙手撐在桌上用力搖了搖頭。

「拜託救救陛下，救救伊爾・迦納！就是為此才娶了男兒身的王妃！您之所以捨身來到我國，就是想謝罪不是嗎？正是現在快想想辦法！墨水都準備好了還在等什麼？我不會再罵您是廢物飯桶，又或是吃裡扒外的男王妃了！」

就在梅沙姆大喊的同時，卡爾卡青著一張臉衝了進來。

「快住口，梅沙姆大臣！您在做什麼！」

他一把抓住梅沙姆的手臂，打算將他拉出房外。

梅沙姆像個鬧脾氣的孩子一般掙扎抵抗，紅著臉哭了起來。

「說到底這場戰爭就是因為王妃可能成為大魔法師的消息走漏，加爾耶特才會來這裡搶人！」

這個消息有如晴天霹靂。但即便真是如此，利迪爾也束手無策。他的腦中一片混亂，只能搖著頭對梅沙姆吼道。

「既然如此就去跟他們說搞錯了啊！我就如你所見！根本沒有特別的魔力，就連王的傷也治不好，是只會判讀天氣，做一些費時耗日雜事的平凡魔法學家！」

沒錯，就是這樣。從小就聽大人說將來要出使伊爾．迦納，為此不斷研讀魔法知識。而王之所以迎娶他這個男兒身的王妃，也是想要借助魔法學家的力量才是真相——

利迪爾將左手伸向自己的右後肩。

然而無論怎麼摸都摸不到那個結塊的疤痕——失去的記憶中真的有自己不知道的事情。

難道說，自己真的顛倒雌雄，裝成公主魔法師嫁到了這裡嗎？

伊多將文書送去給維漢後，回到房間。在聽卡爾卡說完事情的來龍去脈後，露出絕望的表情。

利迪爾待在隔壁昏暗的準備室裡，一臉茫然地靠在椅子上。

「……是真的嗎？伊多。」

失憶湮滅了利迪爾的罪過。就連手指能生花這件事，都是看了那本小冊子才知道。

「你騙了我嗎！」

對他而言，伊多是這裡唯一知道他身世的人，也是在異鄉的依靠，他在這個國家能信任的就只有伊多。

伊多一臉疲憊，但表情十分冷靜。

「以前就聽說過這件事。」

伊多說的「以前」是指他們相識之時，也就是利迪爾七歲的時候。

「大家無法告訴年僅七歲的王子，將來他要作為公主嫁到敵國赴死。不過，您還是察覺到了。雖然很擔心對方是否會饒過您，在國王陛下提出婚禮計畫時，您還是欣然接受這個安排。」

在羅榭雷緹亞之後，父王答應伊爾·迦納將下一個公主嫁給他們。無奈卻生不出公主，只能將利迪爾送過去當活祭品。

「您順利出嫁，履行了國家指派的任務。現在則是這個國家的王妃，身負王妃和宰相之責，與陛下過著幸福快樂的生活。」

「王饒過我了？」

「是的。」

即便欺騙了王那麼多年，又不具有魔法師的力量，王還是原諒了他。

「您與陛下琴瑟和鳴，眾人還幫您取了『落花王妃』這個稱號。」

伊多忍著眼淚，緊緊握著顫抖的手。

一切都令人不敢置信，但利迪爾心裡卻十分確定。

如果是那個王一定會原諒他——

利迪爾驟然起身，沿著走廊跑向王的房間，想誠心向他賠罪。想為竟如此後知後覺，傻到去庭院摘花給他道歉。

王怎會袒護他至此？他又怎能將王忘得一乾二淨呢？

時間到了傍晚的探視時段。

王雖然已脫離生命危險，傷口也止住了血，還是高燒不退無法起身。

利迪爾的指尖不斷發出治癒之光。

這些光絲十分微弱，看上去隨時都會消失，令人擔心會不會傳到一半就中斷。他與王之間的契約還在，所剩無幾的魔力與王緊緊相連。即便失去了記憶，仍然對王魂牽夢縈，契約是兩人的羈絆，也成了利迪爾允許自己這麼做的根據。

將微薄的力量與王的心勞衡量後，他還是想要盡量待在王的身邊，注入治癒之力。

利迪爾告訴卡爾卡想要向王致歉，然而他卻面露難色。「我不會阻止您，但還是等陛下狀況好一點再說吧？」用他特有的冷淡口氣說出溫柔的話。

卡爾卡說的沒錯，要乞求原諒也要看王的身體狀況，否則只會增加王的負擔——

利迪爾強忍著內心的衝動，走進王的治療室。雖說已比昨天淡了許多，但空氣中還是飄著血味。

今天依然有幾個人圍在王的床邊。

大臣、醫生、士兵。王用幾個抱枕撐著身體，在床上發號施令。

「趁現在保護利利爾塔梅爾的王子安全離開。」

聽說王失血甚多。他雙眼凹陷看上去十分難受，嘶啞的聲音也斷斷續續的。

大臣是來找王商量，士兵則是來傳遞消息。

所有人依序尋求王的指示。王對利迪爾前面的士兵作出指示後，最後氣若游絲地說。

「告訴維漢……不准死。」

士兵用拇指拭淚，與利迪爾擦身而過走出房間。

一見到利迪爾，床上的王頓掃臉上陰霾，瞇起眼睛露出溫和的神情。

「我來看你了，王。」

「好。」

「讓我幫你注入治癒魔力好嗎？」

利迪爾牽起王的手。

光是觸碰到手，沒有做任何事治癒之光就膨脹起來。兩人牽合的手，發出有如飛蟲的淡綠色光芒。

王一臉舒心地看著綠光，但利迪爾很清楚，這些光芒其實沒有太大的幫助。能稍微活血化瘀，還能減輕高燒的痛苦，但僅此而已。王的手依舊很燙，呼吸裡還是有毒素。

利迪爾使出渾身解數，只希望能施展出更多魔力。好想幫助王。只要能治好王，他可以賠上自己，要他代替王受苦也願意。

但天不從人願，利迪爾手上的光絲依舊十分微弱，頂多只能使新芽晃動，王的傷勢也毫無癒合的跡象——

明明連眼也沒有眨，卻有幾滴淚水落在棉被上。利迪爾閉上雙眼止淚，眼淚卻如湧泉般不斷溢出。肩膀不斷顫抖，幾乎要啜泣起來。

見王一臉憂心，卡爾卡悄悄從利迪爾身後悄聲向王說。

——梅沙姆大臣都對王妃殿下說了。

那之後利迪爾抓住來送膳的女官，逼她說出自己以前到底是什麼樣的人。

魔法。魔法。

自己和眾人口中的「落花王妃」簡直判若兩人。如今的他幾乎沒有魔力，就連想要幫救命恩人減輕痛苦都做不到。

王摸上泣不成聲的利迪爾的背。

「沒事的……你的傷好些了嗎？」

輕撫著髮絲的王這麼說，利迪爾覺得自己更可憎了。如果是自己受傷就好了。如果能替王擋下那一劍就好了。

王緩緩撫上利迪爾的手，輕聲對他說。

「你……回埃維司特姆去吧。敵軍的目標是你。伊爾・迦納或許沒有足夠的力量保護你。」

薩奇哈預估戰況應該還能堅持一個月。但即便是伊爾・迦納，一旦與大國發展成持久戰，終究會氣力耗盡是顯而易見的。

「我已派出密使，希望他們來得及來接你……倘若埃維司特姆遭到攻擊，周邊國家應該不會袖手旁觀。你哥哥所在的愛迪斯帝國也一定會出兵相助。」

王這是要放利迪爾逃走。

「唯有你，我不願你受到任何傷害。捨身赴死什麼的，一輩子一次就夠了。」

王有些淘氣地看著他，隨後露出苦笑。

「……我只有一個請求，帶著居里一起離開。如果對方不肯議和，我國必將覆滅。居里不親近別人，就拜託你照顧牠了。」

「王……」

對於王仁慈至極的提議，利迪爾不知該答應還是拒絕。如果能派上一丁點用場，他絕對會毫不猶豫地留在這裡。然而不僅無力相助，還可能成為戰爭的導火線。如果自己離開這裡，或許還有停戰的餘地……

王望著床頂淺淺嘆了一口氣。空氣中流淌著茫然的空白。

「……不懂為什麼事情會變成這樣。即便是為你而來，又怎麼會突然用這種方式搶人……我不懂。」

面對如此溫柔真誠的王，利迪爾答不出任何解決方法或提案。無奈失去了記憶，想破頭也想不出所以然來。

利迪爾雙手握著王的手，王溫柔地撫摸他的手。

「別哭了，利迪爾。以前的事……想不起來就算了。我愛的是你，這樣就夠了。」

「那怎麼可以……！」

「你只要記住現在的我就好……只是不怎麼好看就是了。」

王笑了，然後痛得蜷起身子。

醫生見狀，急忙擠進兩人中間，用眼神告訴利迪爾不可讓王太過勞累。

「陛下，我來為您備藥吧。」

正當兩人依依不捨地鬆開手時，王的嘴角牽起一絲微笑。

「我過得很幸福，利迪爾。」

被卡爾卡和大臣們架開，利迪爾伸長了手。

明明不想與王分開，卻張著嘴巴說不出話來。

居里的傷好得差不多了。

這段時間，利迪爾每每幫王輸完治癒之力後，都會用殘光幫牠治療。不僅如今身上已看不見傷口，也可以展翅。也願意吃肉乾，每天晚上還會飛到王城裡的森林捕蟲來吃。

「你痊癒了呢，太好了。」

一撫摸居里便抬起水汪汪的大眼睛。黑色瞳孔中滿是金銀亮粉，彷彿夜晚的璀璨星空似的。眼皮上的傷也已癒合，一雙眸子閃閃發光。所幸沒有傷到眼球。

待朝陽升起，雙方又要再度開戰——

利迪爾看著星星下沉的天空，抱著居里悄然起身。

將居里安置在棲木上，隨即離開寢殿。

經過一番深思熟慮後，他做了決定。現在他對自己了解得並不多，不確定這個決定是否正確，但如果坐以待斃再不想點辦法，王、他自己、伊爾・迦納、國民都在劫難逃。

他走出房間，走在昏暗的走廊上。

王的治療室前點著燈，一名士兵在外站哨。

士兵認出利迪爾後，輕聲驚叫道。

「王、王妃殿下！」

「……我來看看王。」

房內士兵見到利迪爾也嚇了一大跳，躡手躡腳地請他進房。

床邊只點著一盞小燈。

王在睡覺嗎？

探頭望去，王便先開了口。

「——怎麼啦？已經是黎明了？」

「是啊。天就快亮了。」

利迪爾感到慶幸，本以為只能見到王的睡臉，沒想到還聽到了他的聲音。

以前的自己深愛著王。就連失憶後都對王如此傾心，更何況是以前，一想到這裡，就感到悲傷不已。比起喪失魔力，比起被人當成廢物飯桶，想不起曾經愛過王更讓他感到痛苦。

一眨眼，眼淚就止不住地落下。

王將手放在他的臉頰上。手雖然還是很熱，但至少沒有像之前一樣滾燙，這讓利迪爾稍微鬆了一口氣。

「……你想起來了是嗎？」

「沒有。」

「是因為和我還有契約在，才對我存有愛慕之心嗎？」

「不是。」

利迪爾輕聲道。

這時眼淚又一滴一滴地落下。

「我知道。以前的我有多麼喜歡你。比起身體的疼痛，忘記了你的疼痛讓我更加痛苦。」

擠出這幾句話後，一朵花驟然落下。

這朵唯一的白花落下後瞬間便融化，有如淚滴般在床單上留下一個小小的痕跡。他試著覆上王的手，但沒能再生出花來。

「埃維司特姆的人到了是嗎？」

王問道。利迪爾不禁感佩起王的敏銳。他對利迪爾的心瞭若指掌，嗅出了離別的氣息。

然而，此時的王因為受傷，整個人半夢半醒，並未察覺到更多訊息。

王輕撫利迪爾的臉頰，莞爾一笑。

「等戰爭告一段落……我一定會去接你。」

「好。」

「——到時，你願意再嫁給我一次嗎？」

聽到這裡，利迪爾哭著笑了。點了點頭，卻發不出聲音來。

在王將他擁入懷中前，利迪爾主動吻了上去。

沒想到自己竟會做出這種事，但從心中的喜悅來看並沒有做錯。

王露出稚氣的笑容，撫上利迪爾的長髮。

王並不知道。

不知道利迪爾有多失落，也不知道他在二度陷入戀情後，有多麼嫉妒以前的自己。

可能睡一下比較好。

卡爾卡頭痛不止，按著太陽穴，輕手輕腳地走入王的治療室。

王的傷已不再出血。埃維司特姆於婚禮時進獻的傷藥十分有效，若運氣好傷口說不定不會化膿。

王的狀況儘管比昨天好，體溫還是很高。雖然身體比一般人健壯，但無奈失血過多，導致眼周凹陷，整張臉毫無血色。額頭溼溼的，不知道是冷汗還是熱得出汗。

目前王仍無法出戰。

維漢鬥志高昂，打算在王出戰前趕走加爾耶特，但即便從樂觀的角度分析，都不會是這樣的結果。無論結果如何，自己都會為王戰到最後一刻，這一點是無庸置疑的。

卡爾卡用拿來的乾淨布巾幫王擦汗，王微微睜開了眼睛。

「陛下，您醒了嗎？」

卡爾卡輕聲搭話，將布放在王的額頭上。王啞聲說道。

「……幫我向埃維司特姆……的使者……致意。」

「他們至少還要三天才會抵達。」

王在釐清戰況後，認為應即刻送利迪爾回國。現在伊爾・迦納無法派出大批迎送隊伍，所以打算安排幾名護衛從山路護送他離開，中途再與埃維司特姆的人馬會合。

王已經送消息給埃維司特姆。即便他們沒有遭受攻擊，平安越過山道，也還要三、四天才能到達會合地點。利迪爾則必須配合這個時間設法出城。

見王像做夢似的看著天花板呢喃，卡爾卡彎下身體，將耳朵靠到王的嘴邊。

「剛才……利迪爾來找我。」

「這樣啊。連做夢都會夢到，真是十分火熱。老實說，沒想到您會對這位男兒身王妃迷戀至此——」

正說到這時，突然聞到一股花香。

在充斥著血腥味的房間中，竟一瞬間出現了花香味。

卡爾卡立刻環伺周遭，等不及王闔上眼睛的那一點點時間，就離開了王的身邊。

有種不好的預感。王身受重傷又半夢半醒，雖然深知自己不該把囈語當作一回事，但不知道為什麼就是無法安心。無形的警告令他心驚膽跳。

整座王城不眠不休地備戰。所有人一整天都只點著小燈，在昏暗的城中悄然行動。

早晨將近，漸淡的深藍色天空不知不覺間潛入窗內，將城裡染成一片灰色。卡爾卡在其中疾步而行，感覺稍不注意就會忍不住奔跑起來。

看到王妃的寢殿房門緊閉，走廊也悄然無聲，不自覺地鬆了一口氣放慢腳步。然而就在才走了幾步路的時候。

王妃寢殿裡傳出一陣碰撞聲，隨後有東西「啪啦」摔得粉碎。

卡爾卡一敲門，房內立刻鴉雀無聲。

「王妃殿下，我是卡爾卡。」

從剛才的聲響來看，應該不是在睡覺。

寢室外有起居室。起居室若沒有上鎖，是可以進入的。

卡爾卡一打開門，就與伊多四目交接。

紙從桌上掉了下來，地上還有破掉的花瓶。

半開的窗簾有如暴風雨過境一般凌亂不堪——伊多則單膝放在桌上，以匍匐之姿看著卡爾卡。

伊多瞪大了眼睛，彷彿眼珠子要掉出來似的，先是盯著他足足有好幾秒，隨後突然慌張起來。手在桌子上滑了一下，將文鎮重重推落在地，還踢倒了椅子。

「怎麼那麼早就起來了？埃維司特姆的隨從可真勤勞呢。」

「利迪爾癲蝦他！」

伊多幾乎掩蓋了卡爾卡的語尾，發出有如人偶的尖聲。

「……什麼……？」

「利迪爾殿下不見了。利迪爾殿下……！」

喔，所以他一早是在忙著找王妃啊。

「……」

卡爾卡此刻真想昏倒算了。

光是抱頭靠著門框滑坐在地，就用掉了他所有的力氣。

利迪爾一個人來到馬廄。

在篝火前，發現一個正在打盹的白髮老人。

他已做好最壞的打算，如果真的不行就直接騎著裸馬逃跑。這時老人注意到這邊，問道：「又是斥侯嗎？」姑且點了點頭，不知為何老人便幫他裝上馬鞍。

「謝……謝謝……」

利迪爾不明所以地接過馬兒，老人從口袋裡拿出果實餵馬一邊說道。

「可別逞強喔。像我們這種老傢伙再活也沒多久了，即便戰死也沒有人等我們歸來，但年紀輕輕可別白白送命。」

「不會白白送命的。您也請多保重。」

利迪爾來到後院，撿起從窗戶投下的行李裝在馬上。

無依無靠，一事無成。

給了有如做夢一般在茫茫白霧中徬徨失措的利迪爾一線曙光的，正是梅沙姆大臣。

——一直想接起魔法圓。

——一直想成為大魔法師……！

如果梅沙姆所言不假，或許只要接回魔法圓就能恢復魔力。

聽說大魔法師能接觸到世界的「一切」。只要當上大魔法師，應該就能找回失去的記憶，不僅如此，還能接收全人類、全世界的所有真理與記憶……具體詳情利迪爾並不清楚。

不過，在為王生出那僅有的一朵花後，就不時地看見一扇門。那扇門孤單單地佇立在一片空白的腦海中。好想觸摸那扇門。好想打開它。一想到這裡，就頭疼不已——

讓他如此確信的，還有那本夾著花的小冊子。

上面寫著想當上大魔法師。也寫著在準備修復背上的魔法圓，埃維司特姆也已將墨水送達。雖然令人不敢置信，但看來梅沙姆說的並非空穴來風。利迪爾在房裡找了一圈，最後在厚實的抽屜深處尋得墨水。一切的跡象都顯示真有此事。

據伊多所說，他嫁到伊爾．迦納後，曾用劍插入背上的白色傷疤，將魔法圓重新接合。由於那道傷後來留下黑色的疤，打算用紋身將疤痕和魔法圓連接起來。

失憶前的自己似乎深信只要見到羅榭雷緹亞，就能當上大魔法師。

即便修復了魔法圓，沒有記憶的話說不定還是無法使用魔法。

利迪爾急忙甩了甩頭，將最糟的可能性甩到九霄雲外，跨上馬背。

他要去見大魔法師的哥哥——愛迪斯的羅榭雷緹亞。

戴起外套的帽兜，將半張臉遮住。通往森林的後門也有守衛看守，但不會攔查出城的馬。

這幾天一直在研究地圖，所幸只要從後方出城進入山道，就無須與敵軍正面交鋒。穿過山脈後中途轉往北走，順利的話十日即可到達愛迪斯邊境。之後要走兩日才能抵達王城。

山高路遠，利迪爾穿了很多衣服在身上。之前薩奇哈說過，為防戰況有什麼萬一，在房內放了比平常多的食物。除了平日吃食，還在房間各處放了乾麵包、水果、用切片水果製成的果乾、先蒸過再晒製而成的乾燥蔬菜。如果敵人攻進王城，就用桌巾包起食物逃生。

利迪爾將桌上的食物全都帶出來，還帶了有塞子的水壺。只要有這些東西在身上，暫時還活得下去。

事到如今，為了恢復記憶，也為了恢復魔力，他還是決定離開了王，不顧王要將他送回埃維司特姆，自己跑了出來。

首先是這座森林。利迪爾閉上眼睛，深吸一口氣。

再不趕緊追兵就要來了。

「就靠你了。」

利迪爾對馬兒說完，便用腳輕踢馬腹。

正當馬兒緩緩邁出步伐時，突然有東西從後面衝向利迪爾，重重停在他的肩膀上，耳邊傳來鳥兒振翅的聲音。

「——居里！」

居里用爪子拉住他的肩膀，用力前傾身子，不斷拍動翅膀。

「不行。你回去城裡。」

揮手趕了好幾次，牠還是接二連三地回到肩膀上。

「回去！居里！」

將居里放在手臂上往空中一放，牠才終於飛到樹上，但沒有飛回城裡，而是站在樹上俯視利迪爾。只要馬一前進，也跟著往前移動。

利迪爾放心不下，時不時回頭看向牠。

就這樣踏上了前往羅榭雷緹亞兄皇妃所在的愛迪斯的旅程。

「我心裡莫名不安，才會去利迪爾殿下的房間查看——」

伊多抱著頭呻吟，力氣大到彷彿要把頭扭下來似的。

他昨天一整晚沒睡——照這個男人的性格來看應該沒說謊——若有人從房間走出去一定會看到，但心中卻有不好的預感，打開門就發現利迪爾不見了。伊多如此說道。

「你有離開過房間嗎？」卡爾卡問。伊多回答只有黎明時短暫離開去方便。看來利迪爾就是趁這個空檔離開的吧。房間窗外有丟下行囊的痕跡，應該是見完王後便直接出城了。

從各種跡象來看並不是被人綁走。聽到利迪爾不見時，卡爾卡還以為是有間諜趁著混亂潛入城中，強行抓走虛弱的利迪爾。但伊多卻說，走進房間第一眼就注意到桌上放了一張紙條。

紙條上簡短寫著「我一定會回來。王就拜託你了」，還附上了利迪爾的簽名。卡爾卡這些日子每天都在看利迪爾的簽名，確實是利迪爾的筆跡。

「你去確認王妃的衣服，還有食物和外套。我去馬廄看看。」

王妃究竟去哪裡了。是等不及埃維司特姆來迎接嗎，還是逃跑了呢？也有可能是被間諜蠱惑騙了出去。

如果是平常，卡爾卡一定會說「王妃不是那種人」，但現在王妃失憶，無法確定有多少判斷能力。

「還有，王妃有沒有和你說過想逃離戰爭，又或是哪一個國家比較安全之類的？」

「沒有。」

此時伊多已是一片混亂，抓住鬢髮彎下腰，努力擠出了一句話。

「只有說過想要恢復魔力……」

古辛早有與利迪爾分別的心理準備。

伊爾·迦納很有可能滅亡，他可沒有拉著愛人一同殉死的癖好。

他已做好打算，一旦王城陷落，就命令所有人留下自己棄城而逃。敵軍若找不到王妃，還是可以取他首級交差，不會有任何一個人白白送命。

據說利迪爾不見了，而且似乎是自行決定離去。

想逃出將亡之國是人之常情，他不會責怪。但前提是得安全離開，並去到安全的地方。

卡爾卡對他耳語道。

「房裡的儲備糧食全都沒了。也找不到一套男裝，還有幾件外套和褲子。另外王妃的盔甲和劍都不見了。」

光用聽的就感到眼前一片黑暗。

「也就是說他是要出遠門。」

「似乎是騎馬離開的。是我的失誤，沒有事前告訴馬夫王妃失憶的事。」

面對卡爾卡的自責，王卻不以為意。畢竟王妃出此大事，怎可隨意向外人說起。若是讓城外的人知道利迪爾失憶又失去魔力，肯定會節外生枝。

「確定是出城沒錯嗎？」

「是的。居里也不見了，我想應該是被王妃帶走了。」

「有看過水瓶了嗎？」

若居里在他身邊，就能看到附近的景色。

「居里在戰場上受傷，水瓶也跟著破掉了。」

「到底去了哪裡。」

「不清楚。」

「怎麼連個人都看不好。如果他被加爾耶特捉住，下場會有多慘你知道嗎！」

加爾耶特不知道利迪爾如今已沒有魔力，只知道他和自己完成了契約。為了榨取利迪爾的魔力，會將他五花大綁、強暴他，然後在他體內植入吸取魔力的植物，強行吸出魔力。

——或是拿石頭打我的頭之類的。

以前王問起拷問的事，他能想到的就只有這種程度。這也讓王對於在不知殘酷為何物中長大的利迪爾感到有些焦躁。

那天利迪爾顫抖著一雙彷彿將植物的生命絞入其中的水汪汪綠眸，老實告訴王是來這裡送死的，但能簡單死去是一種幸福。而他又比別人有更多會被生吞活剝，折磨得求死不能的理由。至今有無數失去伴侶的魔法師被抓住，被榨取魔力而活得不成人形的事件。在大陸犯下此行是有共通刑罰的重罪，但只要把人關進地牢裡便不會被發現。

「——我去找他。三日內回來。」

王按著側腹，好不容易才起身。全身關節嘎吱作響，身體也沉重得像是皮膚下有燒燙的鉛塊似的。

「太亂來了。若是普通士兵早就沒命了！您可是腸子差點就流出來了！」

「用布纏住就好。戰場就全權交給維漢指揮，反正光靠要塞還能撐一個月。」

其實王在受傷後，就沒有再指揮作戰。戰場全都交給維漢處理，唯有特別需求時才會請王批准。以王現在的身體狀況，能做的事僅此而已。

此外這場戰役並沒有任何魔法師參戰。或許加爾耶特覺得對付伊爾·迦納沒必要使用魔法，並沒有派出魔法師參加這次遠征。若單單只是對付遠征軍，在加爾耶特的大魔法師們抵達戰場前，伊爾·迦納還可以靠一般軍隊應戰。

「您太亂來了。要塞能撐一個月，但您連三天都撐不住！」

「拜託你了，卡爾卡。我一定會回來的。」

「不，如果出去三天，回來的會是具屍體！利迪爾王妃是自行離開的。您何必還去找他呢？」

「如果是怯戰而出逃，我根本就不會去找！」

利迪爾外表纖細，身上留有少年的稚氣，內心卻充滿足以把士兵嚇得夾著尾巴逃跑的勇氣與果敢、坦誠正直。而最令人詬病的就是他的善良，即便王變成素不相識的陌生人，深受重傷還是令他感到悲痛欲絕。若有人假裝需要幫忙，他必會伸出援手。若有人拿古辛誘騙，他必會聽信謊言。或許已經受騙上當了。

「人越少越好。你就留在這裡。」

「萬萬不可，陛下！」

光是用手壓著肚子都痛得要命，右臂還舉不起來。

他咬著牙強忍，不讓自己痛得叫出來。「您看您！」卡爾卡高聲道。

古辛好氣自己現在連瘦弱的卡爾卡都無法一把推開，正當努力伸長手時，一個人影走了過來。

是薩奇哈大臣。

「我不會聽勸的。」

「不。您要去就去吧，吾王。」

「薩奇哈大臣！您是認真的嗎?!」

薩奇哈先是伸手輕輕制止卡爾卡尖聲的質問，隨後站到古辛面前。

「薩奇哈……」

「反正您的身體現在無法出戰。若命令『一如往常』，我等願盡力而為。」

薩奇哈是積年累月看著古辛成長的大臣。也是少數從先王那一代輔佐至今的重臣。沒有人比他更知道伊爾．迦納的「一如往常」是什麼模樣。早在古辛出生前，他就已經在伊爾．迦納匡輔政事，古辛成為一國之君後──也一路相伴左右。

薩奇哈老聲老氣地說。

「您從十歲開始就過得太隱忍了。先王駕崩後，帶著詛咒整頓王城，為了讓伊爾．迦納回歸和平，一心只為國家而活。從十歲到娶王妃這段期間，您從來沒有為自己而活過……正是如此重要的時刻，您就至少照自己的意思活一回吧。若加爾耶特來取您首級，我會把茶端上來，請他們在這裡等著。」

「可是──」

若是薩奇哈，應該可以假裝王還在療傷，守住這間空房間不讓任何人進出，做出與他差不多的決策。但一旦東窗事發，又或必須提早做出攸關國家生死的決定，就不能將這分責任強加在薩奇哈身上。

只見薩奇哈像年輕人一樣歪著頭。

「儘管如此，戰爭對於老朽而言負擔過於沉重——能否叫上戴爾肯王爺呢？」

聽到他這麼問，古辛豁然開朗。戴爾肯是古辛的叔父，在古辛成人前作為監護人擁有很大的諫言權利。因為對權力太有野心，古辛一成人就賜予城郊的豪邸，讓他遠離朝政。

「好……就這麼辦……！」

沒想到還有這一招，古辛有些驚訝。戴爾肯確實是最佳監國人選。

「不妥，陛下！」

卡爾卡的臉上盡是嫌惡。古辛懂得他的心情。

戴爾肯叔父不僅剛愎自用、固執己見，還濫用權力，有任何事不合他的意就破口大罵，又喜歡翻舊帳。經常管別人的閒事，說他個一兩句還會惱羞成怒。

「叔父他……確實是個麻煩人物，但終究在我成年之前成功守住了這個國家，又以地理見長。若由他來操持軍隊，肯定能讓敵軍恨透。」

唯有這一點，古辛自認仍比不上叔父。如果是要治理盛世，叔父肯定會讓國民挨餓，做一些華麗奢侈的建設來展示國威，揮金如土，到處顯擺賣弄，卻不肯為國民修復斷橋。但如果要讓敵軍深惡痛絕，那叔父可是天下第一。

「——該說那是，一種才能嗎。」

叔父總能輕易想到最令人痛恨的方法，就有如呼吸一樣簡單。雖然事後可能會有點麻煩，但如果伊爾．迦納滅亡，叔父肯定也不好過。他除了討人厭以外幾乎沒有其他特長，現在所有家臣都已逃跑，出任大使只會與對方起衝突，總是孤身一人又沒有人望，若沒有作為王族的保障與特權，根本就活不下去。

就在這時門外傳來一陣喧嘩。

有人不管王身負重傷，在這大清早來到王的房間外破口大罵，即便士兵上前阻止，還是自顧自地敲起房門。

「請住手，戴爾肯王爺！」

「陛下在休息，請您安靜！」

「閉嘴！一個小小士兵竟然敢這樣和本王爺講話！王爺我可是唯一和先王繼承相同血脈的男人！古辛，你給我起來。外面已經開打了。既然是一國之君，就快出去迎敵作戰！」

一個中年男子來勢洶洶地破門而入。一頭毛燥的黑色鬈髮參雜著白髮，一早就穿著一身金光閃閃的外出服。

「要是由我的兄長，偉大的先王來應戰，這種程度的敵軍陣仗，早就乘著風放出辣椒粉，順便放把火在天亮前將他們燒成灰燼了！」

卡爾卡一臉認真地噴笑出來。

薩奇哈也低頭露出玄妙的表情。

戴爾肯叔父一點都沒變。

早料到差不多該來了，但這時機未免太過剛好，彷彿一直在門外等著出場似的。

古辛一笑就痛得無法呼吸。

腹部的傷口不停痙攣，只能壓著傷口，由卡爾卡攙扶在床上調整姿勢。

「你看看，哪裡受傷了！看你好得很！唉，你怎麼落魄成這樣！我不常說嗎，難怪人家會藐視年輕國王！照照窗戶玻璃看看自己現在是什麼鬼樣子！太不像話了！」

「叔父大人特意來探視，愧不敢當。」

「才不是來探視！是來罵醒我這個懦弱的姪子。你自己看看，那是什麼爛軍隊！可悲到像放狗屁！所以人家才說乳臭未乾的小子靠不住！」

「謝謝叔父大人的鞭策——說到此處，姪兒不才——有件事要懇求您幫忙。」

看來仍寶刀未老，令人莫名感到可靠。古辛便把事情告訴了他。

古辛每走一步都幾乎要彎下腰來，駕馬急奔更是疼痛難忍，腹部傷口痛得不禁擔心會不會噴出血來。

——戴爾肯王爺似乎很高興呢。

——雖然只是監國，但這可是睽違十三年坐上王位。肯定坐得很舒服吧。

送王出城時卡爾卡的臉都笑歪了，王也不得不笑著回道。

戴爾肯很樂於幫古辛監國，他得意洋洋地說：「是時候讓你們這些後生小輩，見識見識武聖王爺的足智多謀！」當然古辛並沒有告訴他是要去找利迪爾，而是藉口說要趁著現在要塞還撐得住，去向埃維司特姆和其鄰國求援。

埃維司特姆沒有武力，所謂求援頂多就是請於戰爭結束後提供糧食援助、派遣善於恢復農田的魔法學家來幫忙，又或是派醫生拿藥過來。他們本身也必須靠聯姻來尋求武強國的庇護。然而即便埃維司特姆是利迪爾的母國，這些國家也不會對他們伸出援手。在來犯者是加爾耶特帝國的那一瞬間開始，伊爾．迦納就不再期待邦交國家為他們伸張正義、扶危濟急。若不是像愛迪斯這種至少與加爾耶特對等的國家，援助來了也只是杯水車薪。一想到事後還可能遭到報復，就沒有國家願意做這種吃力不討好的事。

古辛已經出城五天。路上他不斷與潛伏在大陸各處的間諜連絡換馬，一路往埃維司特姆前進。如今伊爾．迦納已經有點涼意，越接近埃維司特姆空氣就越溼潤暖和。

古辛和伊多仔細討論過後，推斷利迪爾很可能是去了埃維司特姆。

既然是獨自上路，應該不會前往戰亂地區。也不可能有陌生國家突然招攬他過去。利迪爾失憶後知道的事情很少，再加上──從小就確定要到伊爾．迦納送死──所以沒有訂立任何外遊計畫，也沒有任何外交經驗。

撇除掉這些因素，剩下的就只有哥哥所在的愛迪斯帝國。但就實際考量而言是不可能的。

梅沙姆說出一切時，曾提到一直連絡不上羅榭雷緹亞，愛迪斯邊境外已變成一大片冰河，在使節團調度好裝備去探訪之前，基本上無法前進到王城。

古辛已經派人找過王城附近，也找了騎馬可以穿過的山道。目前主要道路都已被加爾耶特封鎖，從這裡能去的國家就只剩下埃維司特姆和愛迪斯。

——如果可以恢復魔力就好了——

就現在的狀況而言，利迪爾若想要恢復魔力，首要之選就是埃維司特姆。

此外，還發現了一件很糟糕的事。

利迪爾把接合魔法圓用的墨水帶走了。

伊多說，魔法機構可能知道一兩個大魔法師的行蹤。可能會拜託他們將大魔法師請到埃維司特姆，幫他修復魔法圓。

若真是如此為什麼不等人來接他呢？古辛已派人向埃維司特姆遞出消息。若利迪爾要修復魔法圓，讓埃維司特姆的魔法機構直接帶大魔法師來伊爾．迦納，才是最安全且快速的方法。

——利迪爾殿下為了恢復魔力而非常著急。

再怎麼著急，隻身前往埃維司特姆還是太危險了。

不知道其他大魔法師身在何處，事到如今又不可能去找利茲汪加雷斯。

「就快到了，陛下，先休息一下吧。」

「不用。」

此行由伊多帶路，還另外帶了兩名士兵。他們走的並非利迪爾出閣時的來路，而是走捷徑穿過險峻的山區。

一定得去埃維司特姆不可，這也是對陷利迪爾於險境表示歉意。

拜託你人一定要在那裡，利迪爾。

路上他不斷祈禱著，好不容易到達了目的地。

埃維司特姆在下雨。

天空飄著雨季初期的綿綿細雨，連綿到城牆的蒼鬱反射出晶亮的水光。光線從雲間灑下，看上去有如在地上鋪了金光閃耀的綢緞似的。

古辛以前還是王太子時曾來此參訪，這裡的景色依舊，還是有如世外桃源一般和平。

看到王城和城門時，伊多便策馬衝了過去。

伊多在守衛前下馬，請他們開門。

「快去叫奧萊大臣、女官長和雅尼卡過來！」

當王氣喘吁吁地抵達城門時，入口處起了一陣騷動。

城門內側更是綠意盎然。有如遺跡的城牆上垂著一大片布滿水珠的藤蔓花，其葉子表面被雨水洗得閃閃發光。常綠樹有如礦石結晶一般巍然挺立。和乾燥的伊爾・迦納有如兩個世界。

繁花茂盛，一眼望去盡是水路粼粼波光，噴泉不斷噴出亮晶晶水花，空氣裡充滿大地的溼潤之氣，以及宜人的嫩芽香。四處都有在招手似地伸得長長的花蔓。

原來這就是利迪爾出生長大的國家。

雨水不斷打在古辛的臉龐，水珠在下顎集結後落在馬背上。

看著這富足而靜謐的景象，突然感覺快要昏倒了。雖然將腹部的傷口纏得很緊，一路上又都是以馬代步，但還是比想像中的辛苦。淋雨令他全身冰冷，不知不覺間腹部的布已經滲出血來，吸了雨水的布將肚子染成一片鮮紅。古辛全身顫抖不已，抱著肚子在馬上無法動彈。

在來迎接的埃維司特姆侍者們協助下，好不容易才下了馬。一路上古辛撐扶著各種東西前行，全身溼透地走進王城露臺。拖著沉重的腳步，任憑鮮血滲入途中踏到的水窪之中。

「先到這裡就好。去拿墊布和水過來，還有乾淨的布！」

應該去了伊爾・迦納的伊多，突然帶著渾身是血的王現身於此，引發軒然大波。

「哥哥，這是怎麼回事？」

正當古辛全身一軟，幾乎要倒在地毯上時，一個年輕女聲驚叫道。

「雅尼卡！」

「利迪爾殿下呢？這是誰？」

「這位是伊爾・迦納王。快拿墊布過來！用水盆裝滿水，多拿一點乾淨的布！去魔法機構找醫生！」

伊多還沒說完，眾人便拿來好幾張柔軟的墊布疊在一起。古辛雙手撐在布上，好不容易才歇了口氣。體內彷彿有熊熊烈火在燃燒一般，明明發冷而不斷顫抖，口中卻又熱又渴，彷彿口腔裡的黏膜全都黏在一起似的。

水很快就送達，古辛狼吞虎嚥地喝了起來。就在這時，一個凸著肚子的男人手忙腳亂地衝下樓梯。

「王。伊爾・迦納王！」

古辛見過他。是當初利迪爾出嫁時陪同的男人。也是陪同埃維司特姆王拜訪伊爾・迦納城的大臣。他有如青蛙一般連滾帶爬來到古辛面前。

「有收到您的書信！四天前已派人去接利迪爾殿下。為什麼、怎麼會只有您。只有您一個人來……！」

埃維司特姆順利收到和加爾耶特開戰，希望能派人來接走利迪爾的信，且人員已經出發。

王努力想要開口說話。第二次才好不容易發出聲音。

「利迪爾……不見了。他有沒有來這裡？他曾說想去找大公主——羅榭雷緹亞皇妃。你們和皇妃……連絡上了嗎？」

如果羅榭雷緹亞皇妃人在埃維司特姆，事情便迎刃而解。可以把利迪爾寄放在這裡，回去伊爾．迦納。並與他約定戰爭結束後，一定要再次相見——

奧萊一臉沉痛，深深嘆了一口氣，用一雙布滿血絲的眼睛，看著傷痕累累又披頭散髮，幾乎蹲縮在地的古辛。

「不。利迪爾殿下沒有回來。還以為在伊爾．迦納等我們去接他。總之您先好好休息，詳情我會向伊多詢問。床鋪已經準備好了，用擔架將您移到房間去吧。」

「沒關係……我可以自己走。謝謝您的好意，但我想先去晉見斯馬克拉蒂陛下。」

非得去見利迪爾的父王，為自己的失宜道歉，再向他詢問利迪爾可能會去哪些地方不可。若有問出什麼，就要立刻啟程前往——

奧萊心神不寧地左右張望，然後一臉為難地說。

「陛下目前正在休息。我先去看看狀況，請您先進房休息稍待。」

「不，拜託讓我直接去見他。」

「陛下，我知道您心急，但還請靜待消息。」

伊多也出言阻止。

「……好吧。」

溼答答又血淋淋，還髒兮兮的，實在不是適合晉見他國君王的模樣。

古辛在墊布上稍作休息。在數人的攙扶下來到房間，脫下身上的衣物。吸滿雨水的布沉甸甸的，不僅沾上泥巴，還比想像中滿滿都是血。

正當用溼布擦拭身體時，伊多拿著乾淨的衣服走了過來。

「雖然這對您而言是異國裝束，但應該是合身的。還請換上。」

古辛將肚子上的血擦乾淨，纏上新的布，穿上埃維司特姆的服裝。輕盈得驚人，質地也非常柔軟。這裡到處都充滿利迪爾的痕跡，這讓他不禁更加擔心利迪爾的安危。就在這時，有人敲響了房門。

大臣奧萊走了進來。

「陛下還是臥床不起，在收到伊爾．迦納遇襲的消息後便一直如此，我想暫時是沒有辦法見您了。不過已經比之前好很多了——」

伊多小聲問道：「這場雨也是嗎？」奧萊一臉沉悶地點點頭說「到昨晚之前都是下冰雹和龍捲風」。利迪爾曾告訴古辛，埃維司特姆王的精神狀態會反映在國家的天候上。

即便如此，還是得去找埃維司特姆王談談，詢問利迪爾可能前往的去處。求他請愛迪斯皇妃幫忙救救利迪爾，除此之外別無他法。

奧萊瞬間打起精神，低頭看著王。

「陛下已指派二公主——噢不，事到如今就直說了。二王子司特拉迪雅斯代替他接見您。您意下如何？」

古辛曾聽利迪爾提過這件事。

無法將魔力和生命力留在體內，只能待在一個有如蛋一般的外殼之中的利迪爾的兄長，二王子。

「拜託您了。」

利迪爾曾說過和二哥最為親密，利迪爾自小喪母，一直都是二哥陪在身邊教他各種事情。

如果是他，應該比父王更知道利迪爾的想法，古辛在心中祈禱著。

奧萊交代一定要長話短說。也不需行禮。王子很清楚狀況，所以請跳過所有社交禮儀，直接了當地說重點。

二王子身體孱弱，就連外人進入房間都會令其變得更加虛弱。

聽說平常只見固定幾個人，且房間裡吊著將魔力和生命包覆其中的圓籠，只能生活在其中。光用聽的還是很難想像。

二王子的房間位於王城一角，這裡空間寬廣，為了做到與世隔絕而設立了重重關卡。

穿過一道門後又是另一道門，伊多停在這道門前說：「我只能到這裡。」

穿過下一道門後還有另一道門。只見一個體格健壯的短髮護衛騎士等在那裡，奧萊止步於此，之後改由騎士帶路。已能聽到房內的聲音。

騎士掀開門口的布簾。

眼前的景象令古辛倒抽一口氣。

天花板上用藤蔓吊著無數個可將人包覆其中，像是白繭的物體。從藤蔓的數量來看，有一百，應該是兩百個。

前方有一個敞開的繭，裡面放有一張紅色的小椅子。

每個繭的兩側都開了洞，讓人可以在繭與繭之中有如走迷宮一般前進。

前方的繭外側布滿荊棘，散發出幽邃的神祕氛圍。

沙沙……繭發出了摩擦的聲響。

不知道人會從哪裡出來。

一個人影悄悄進到眼前的繭中，在椅子上坐了下來。

那人有著一雙紫羅蘭色的眼眸——和有如繭一般的乳白色波浪長髮。

白皙的皮膚覆蓋在纖細的手腕上，整個人彷彿自繭而生似的。

他凝望著站在前方的古辛。

「久仰了。伊爾．迦納王。我是利迪爾的哥哥，二王子司特拉迪雅斯。」

古辛一眼就看出他無法踏出這裡半步。只要離開繭，大概走不到第一扇門就會一命嗚呼。

簡直就像北方岩蔭下剛長出的嫩芽。

全身蒼白，照到陽光就會和冰雪一樣蒸發的模樣。和利迪爾的白皙完全不同。利迪爾的髮膚閃耀著春意盎然的金光，看上去和花瓣一樣健康。這個人看起來像生於森林深處的洞穴之中，從未晒過太陽的半透明植物。臉頰也有別於利迪爾白裡透紅，像是用繭編織而成，只是覆蓋著一層半透明的皮膚。

騎士拿來一張椅子，藉此提醒止步於此。

古辛坐下後，司特拉迪雅斯用溫柔而堅定的眼神俯視著他。二王子的身體雖然虛弱，卻比想像中的沉穩許多。

「利迪爾寄了很多信給我，對你稱讚不已，說每天都過得十分幸福。」

利迪爾的書信必須先交由薩奇哈過目。確定內容沒問題後才會寄出，但薩奇哈對此卻隻字未提。

司特拉迪雅斯接著道。

「我都聽說了。伊爾·迦納遭到攻擊。利迪爾失憶，現在又不知去向。」

「他並未如我所想回到這裡。如果你知道利迪爾除了埃維司特姆，還有可能去哪裡，還請告訴我。」

王問道。司特拉迪雅斯平靜地看著古辛，眼神看不出任何情緒。

「那孩子無處可去。城裡從小就不讓他有想去的地方。既然沒有回來這裡——又放下心愛的你突然消失——那應該就是去找哥哥羅榭雷緹亞了。」

「可是皇妃他——」

司特拉迪雅斯垂下雙眸，出言打斷古辛的話。

「魔法機構的人就快到了。先留在城裡療傷吧。雖然只能消毒和解毒，儘管不是利迪爾，還是有助傷口癒合。」

「不用了，沒有那種時間。我得去找利迪爾不可。就算利迪爾真是去找愛迪斯皇妃，肯定是徒勞——因為**沒有人知道愛迪斯皇妃身在何處**。**也沒有人找得到他！**」

古辛以幾乎確信的語氣回話。

他早就隱隱察覺，羅榭雷緹亞並非不肯回利迪爾的信，而是無法回信。

但礙於沒有確證，古辛沒有向利迪爾提起過。在如此危急之時，埃維司特姆還是不肯請求羅榭雷緹亞幫助利迪爾，古辛心中的懷疑便成了確信。

現在羅榭雷提亞和利迪爾一樣音訊全無。不確定是逃亡、病故，又或是已經遇害被封鎖消息。不知道愛迪斯為何會深陷冰河之中，唯一可確定的是羅榭雷緹亞現在下落不明——

司特拉迪雅斯哀傷地皺起淡眉。

「……不。知道在哪裡，儘管如此還是找不到羅榭哥哥。大概再也不會回信了——不論從前，或是往後。」

「什麼意思？」

司特拉迪雅斯垂下眼簾，露出銀白色的睫毛。

「我們沒有告訴利迪爾這件事。因為他原本就注定要送死，不願讓他多操心。」

利迪爾原本要代替司特拉迪雅斯死在伊爾・迦納。他淡然地繼續往下說。他的語氣平靜，但古辛知道他即將要說出一個天大的祕密。

「哥哥已經不在了。但他並沒有死，只是沒了軀殼。」

「聽不懂。」

古辛心想可以不要逼他動腦嗎。利迪爾此時此刻或許正深陷於水深火熱之中，沒有時間在這邊探索萬象。

司特拉迪雅斯彷彿對古辛的話充耳不聞，語氣依然平靜。

「利迪爾說過想成為大魔法師對吧？」

「是。」

大概是有所預感所以異常地心急。彷彿身體逼著他這麼做似的，平時無欲無求的利迪爾三番兩次向古辛提起想成為大魔法師。

「大魔法師是有分等級的。可以打開『門』，接觸到『世上的一切』的人都統稱為大魔法師。但還是有能力的差距，依等級可分成僅止於可開門者、可窺探門內者、可進入門內者，以及可從中提取魔力者——愛迪斯皇妃就屬於最後一種。」

司特拉迪雅斯雙手交疊放在大腿上。

「大魔法師的力量對人類的肉身而言太過強大。一般只會從門中提取身體可負荷的魔力。愛迪斯自三年前與加爾耶特開戰，戰爭遲遲未能結束，傾盡舉國之力只為贏得戰爭。哥哥——愛迪斯皇妃為了守護國家，向愛迪斯王提供了超過能負荷的魔力。」

「這是可行的嗎？」

「是，因為愛迪斯皇妃是最高等級的大魔法師。」

司特拉迪雅斯有如吐出泡沫般，在半空中微微嘆了口氣。

「若要提取出所有魔力，肉身將成為阻礙。於是哥哥便為了他的王，捨棄了肉身。」

「捨棄肉身……？」

「如字面所述，哥哥的肉身已不復存在。如今他自己就是魂，又或是存在於門另一邊的東西。只有在兩個月亮同時滿盈的那幾天——才能夠借用滿月之力暫時恢復肉身。我們這些肉眼凡胎只能在那天見得到他。而要如何使用那僅有的幾天時間，是哥哥的自由。」

沒有身體便無法寫信。即便可以請人代筆——要如何向利迪爾說明來龍去脈，卻是個難題。

「老實說聽到利迪爾失憶時，我反而鬆了一口氣。你應該聽父王說過吧？利迪爾比哥哥更適合當大魔法師的事。」

「有。」

「也就是說——利迪爾當上大魔法師，就是這麼一回事，古辛王。」

司特拉迪雅斯顫聲說完，忍不住站了起來。

騎士見狀本要阻止，但司特拉迪雅斯的聲音制止了他。

「那孩子總有一天也會自願捨棄肉體。這也是母親所擔憂的——確定利迪爾長大要到伊爾．迦納赴死，原本還以為可以逃過這般命運。」

紫羅蘭色的視線驟然停在古辛身上。

「請不要再找利迪爾，並且放棄他吧。不要讓他當上大魔法師。若你的國家滅亡，也請當作這就是命運——我會告訴哥哥，讓愛迪斯援助。請你在這個國家療傷。聽說利迪爾現在無法治好你的傷對吧？之後請直接回伊爾．迦納去。我們會派人去找利迪爾。」

「不，我要去找利迪爾。無論利迪爾變成什麼模樣，我的王妃只有利迪爾。」

真相並未撼動古辛的決心。他可不能因為利迪爾的哥哥如何，就放棄找利迪爾。

「我是得回去伊爾．迦納。但在時間允許的範圍內，在為國犧牲之前，我仍希望以一個男人的身分，當好利迪爾的同林鳥。」

聽到這番話，司特拉迪雅斯的雙眸有如水面映出的紫羅蘭一般晃動。他的身體十分虛弱，不能有太大的情緒起伏，只能用細弱的白皙手指摀住嘴巴。

「——謝謝你。弟弟就拜託你了。」

司特拉迪雅斯似乎再也承受不住，留下這句話便進到後方的繭中。不斷往房間深處前進，隨著摩擦聲不斷響起，後方的繭一個接著一個晃動。

騎士拉了一旁的紅繩，門外傳來一陣鈴聲。

奧萊從外面打開了門。

「非常抱歉，會面到此結束。若您還有什麼要說的，我會幫您轉告司特拉迪雅斯殿下。殿下平時很少見人，還請您原諒他的冒失。」

「我不會介意的。」

司特拉迪雅斯是為了利迪爾，才與自己見面的。

用看的也知道他光是活著就已經用盡全力，更遑論與人見面會造成多大的負擔。

一名年輕女官拉起民族服飾的腰布向古辛深深行禮，他對這個人有印象。

「伊爾．迦納王，剛才恕我失禮。在此向您請安。」

「……好久不見了，雅尼卡。」

剛才沒認出她來。但這也是無可奈何，畢竟剛才他自顧不暇。而且剛才那副狼狽模樣，雅尼卡也沒認出他是一國之君。古辛這才發現她和伊多長得很像。

「能再次見到您，令我喜不自勝。」

雅尼卡臉上依然掛著沉穩的微笑，隨後用眼神向一旁似乎是女官長的女性示意。

「這裡請。」

她沒有多加解釋，急忙把古辛帶到房間裡。

房裡放著一座看起來實在不怎麼舒適的白色床臺。裡面站著幾名和女官們穿著不同衣服，不僅戴著帽子，還用面罩遮住口鼻的男女。

他們的裝扮和幫利迪爾送墨水來的人一樣，但從長相和氣息來看不是同一批人。這群人看起來年紀較大，服裝也較具權威。

「初次見面，伊爾·迦納王。我們是魔法機構的人。」

他們沒有敵意，但眼神卻異常地晶亮閃耀，令王看得目瞪口呆。

——王，若您的神官貴體有任何不適，請立刻告訴我們。

「我是衣服嗎？」

古辛在馬背上呢喃。

「他們有拿止痛藥給我。您要服用嗎？」

一旁與他並騎的伊多問道。

「不用。他們像縫衣服一樣縫好我的肚子，已經沒事了。」

說老實話還是很痛，但至少無須再擔心肚皮破洞。

自稱魔法機構的人們先用大量的埃維司特姆清水沖洗傷口，再像是裁縫一般用黑線將傷口縫合。伊爾·迦納也會縫傷口，但頂多只是固定起來，他還是第一次像這樣被當衣服縫。除此之外，纏布的長度也令他驚訝不已。確實埃維司特姆是上等棉花的產地，纏在肚子上的棉織布，至少有一整條走廊這麼長。這種布料輕薄柔軟卻十分堪用，原本腫脹不已的腹部也幾乎恢復如初。

得知利迪爾不在埃維司特姆後，他便無意久待下去。

古辛讓斥侯先去伊爾·迦納打探消息，自己則帶著伊多往山道前進。就在這時，一名斥侯換了另一匹馬回來了。

「陛下，您沒事吧？」

「沒事。伊爾·迦納狀況如何？」

「戰況依然膠著。似乎比您出城前要來得好。」

「……什麼？」

雙方戰力相差甚遠，又得防範對方派出魔法師，是一場如何在有限的時間內盡可能拖延的戰爭。難道我方暫時把敵軍打退了嗎？

「我軍用投石機向敵軍投灑辣椒粉、硫磺、屎尿，以致於敵軍叫苦連天，陣腳大亂。」

「你說……什麼……？」

「要塞外髒亂不堪，臭氣熏天。但作戰十分順利，敵方罵得很凶就是了……」

這種土法煉鋼的作戰方式上不了檯面，但很有效果也是事實。儼然是拿伊爾·迦納的品格換來的暫時性勝利——

「雖然捨棄品格，卻保住人命。不愧是叔父大人。」

看來他又多了幾天可以找利迪爾。

假設司特拉迪雅斯說的是真的。

古辛所認識的利迪爾，應該會到愛迪斯找羅榭雷緹亞。

——老實說，很不好。

維漢去愛迪斯回來時，曾這樣說。

——雪下得太多了。

那是不到一個月以前的事。

馬匹嘶鳴，口中不斷吐出白煙。就這個時期而言，氣候實在是異常寒冷，早已超出每年正常的溫差範圍。

還要越過一座山才能到達愛迪斯邊境。

山上白雪皚皚，森林的稜角也被大雪所覆蓋，幾乎看不出原本的形狀。

「這是……怎麼一回事……」

一旁的伊多哀聲道。

維漢說得一點都沒錯——不，冰雪的籠罩範圍比那時更大了。

這樣軍隊根本無法靠近，使者也不知道能走多遠。從山上流下的冰雪，在平原形成遼闊的冰河。大雪紛飛，不斷發出有如野獸咆哮的低聲，山腳下的原野一片伸手不見五指的茫茫白霧。

——現在因為天候異常而動彈不得。

這是維漢對愛迪斯的推測。若真是如此，在這般風刀霜劍之中，也難以伸出援手。

古辛已向伊爾·迦納傳令，說暫不回王城，要直接往愛迪斯前進。傳令兵送達消息後，王城又派出三名護衛趕到古辛身邊。

見天候如此不尋常，他們也是驚訝不已。

「陛下，前面應該過不去了。」

伊多咬著嘴唇，好不容易才發出聲音來。

連伊多都這麼說，那就是真的沒希望了。他比誰都擔心利迪爾的安危，若勉強能過得去，肯定是義不容辭。

地面積雪甚深，單憑衣物已無法禦寒。在沒有任何工具的情況下，用不了多久就會被暴風雪所吞噬吧。馬每踏一步就深陷雪中。沒有雪橇該如何搬運行李？又要如何在這銀白色的世界中前進？

他們只能望著原野的另一頭束手無策，不知如何越過這座山。

要等太陽東昇後，強行前進半日呢？還是到附近調度資材和人手呢？又或是等看看有沒有人從山上回來，拜託對方幫忙帶路呢——

「……」

在埃維司特姆接受過治療的肚子又開始流血，疼痛和寒冷讓左邊下半身已然發麻。一吃乾糧就吐，又發燒而無法動腦，兩眼昏花、雙手顫抖，就連轡繩都拿不穩。

「您的美意令人尊敬，但目前已經束手無策了。」

就連最不願放棄的伊多都說道。一名士兵剛從利利爾塔梅爾的山上繞過來傳遞戰報，輕聲道。

「要塞已經保不住了。陛下，我們沒有時間了。最外面的要塞已經被攻破。敵方正大舉進攻。」

「我知道。」

必須回去伊爾．迦納。至少也要以一國之君的身分獻上項上人頭。

古辛眯起雙眼，看著眼前這片大雪紛飛，令人絕望的冰河。

現在還來得及，拜託改變心意到埃維司特姆去好嗎。如果已經有藏身之地，就等到伊爾．迦納滅亡後，再讓埃維司特姆去接你——

見古辛用拳頭扶額，伊多像是安慰般輕聲道。

「陛下，那邊有間旅店。撤退前到那裡重新包紮傷口吧。若有湯水，還可以果腹。」

「不用了，直接回去吧。」

古辛搖頭。

既然沒有要找利迪爾，就無須在這裡多留一刻。他要盡早回國，無論是要繼續作戰還是投降，都得坐鎮指揮，盡可能挽救國民的生命。

「——等等……」

雖然如此想著，但仍有一絲可能性的掛念。

過了這裡前面應該就沒有旅店。這裡是通往愛迪斯的唯一道路。無法割捨說不定利迪爾曾經去過那間旅店的可能性。

「還是去看看好了。」

旅店十分樸素，由老闆娘掌櫃。

門廳正中央放有一張鋪著織巾的桌子，角落有鐵製的柴爐。伊多向老闆娘問可否借用房間，她先是將他們渾身打量了一番，然後皺著眉對王說：「我們有房間。多虧了這冷颼颼的天氣，空房可多著呢。」

「沒見過這身打扮呢。你們從哪裡來的？薩巴拉？還是米舒瓦特那帶？」

「不是，我們從更西邊來的。」

「西邊啊，西邊應該很暖和吧。客人都跑到那邊去了。」

老闆娘大概打死也沒想到會有一國之君來到這種地方，愛理不理地指著走廊盡頭說：「你們就用那間房吧。」

「這裡過去就是雪原了，你們可別只休息，就住一晚吧，可以算你們便宜一點喔。」

「不，我們稍做休息就得出發——前幾天有沒有一個金色長髮、碧色眼睛、皮膚白皙的年輕男子來過這裡？」

「沒有呢——喂，老頭子！這些人問說前幾天有沒有金髮碧眼的年輕人來過這裡！有嗎?!」

老闆娘對著一個在暖爐旁烤手的老人大聲問道。

「……不知道。」

傳來冷淡回答。

「好，那就借房間一用。」

看來是真沒辦法了

隨著最後一絲希望消失，古辛萬念俱灰，只能夠失望而歸。在房裡重新用布纏好肚子。原本縫好的傷口被扯得亂七八糟。疼痛難忍又發著高燒。

喝完伊多要來的熱水後，便走出房間。見幾人來到門口，正在織東西的老闆娘一臉驚訝地抬頭。

「哎呀，這麼快就要走了啊？」

「是的。有事要拜託妳。」

「我……？」

老闆娘的表情充滿疑惑。古辛將一張對折的紙交給她。

「如果有個金色長髮、綠色眼睛的年輕人來到這裡，可以幫我把這封信交給他嗎？」

「喔……喔。是可以啦。但如果是晚上過來，可能會認不出來喔？」

「不要緊。」

利迪爾的金髮不會被夜色所掩蓋。被那雙閃耀碧眼凝視，沒有人心跳不會停一拍。

「多謝。」

王離開桌邊時，身後的伊多在桌上放了一把金豆。

「咦！」

他們放著大驚失色的老闆娘離去，走到冷颼颼的門外。

這裡也開始起風了。

片。

抬頭看向微陰的天空，感覺有小小的東西打在臉上，有些還沒來得及打到便化成雪

「陛下。您有辦法騎馬嗎？」

「可以。可能得徹夜趕路，就跑到馬跑不動為止吧。」

到此為止了。時間耗盡，已束手無策——而且，他不能拋下國家不管——

總之必須拚盡全力，非得爭分奪秒榨乾最後一滴時間回到伊爾．迦納不可。看是馬先撐不住，還是他先落馬。

明明連光是騎馬都十分費力了——

伊多紅著眼眶，將手握在胸前，跪在地上向一旁握著韁繩的王行埃維司特姆的大禮。

「……陛下大恩大德，感激不盡——」

古辛回以含糊的笑容，隨後便踏上腳鐙，拖著沉重的身體爬上馬背。身體滿是冰冷的空虛，全身疼痛難忍，接二連三地作嘔反胃。

如果——是說如果。

如果自己和伊爾．迦納都在這場戰爭中活了下來，就要捨棄王位、拋開金盔銀甲，

四處尋找利迪爾。不管要花上幾年的時間，也會在有生之年尋遍世界的角落，無論是荒涼的山野，還是炙熱的沙漠、冷冽的冰川，會一直呼喊利迪爾的名字，持續尋找靈魂的半身。

他很清楚，這一切只是痴心妄想罷了。

無情的雪花彷彿在嘲諷似的，不斷從鐵灰色的天空落下。

王用力咬緊牙根，嘗到一絲血味。

如果不是在搖晃的馬背上，如果沒有全身冰冷，灼熱的傷口痛得幾乎要失態的話，他早就已經啜泣不已。

王用腳踢了馬的側腹。

就連當初被下惡毒的化獸詛咒時，都沒有如此這般疼痛。

†
†
†

若沒有居里，利迪爾根本走不到這裡。

「等一下。等一下，居里。我們不像你可以用飛的。」

利迪爾騎在馬上，伸長了手喊道。

之前，他無意間發現水坑裡的倒影不太尋常。

不是所有水坑都如此，只要自己看著某個水坑，就會映出奇妙的影像。明明在地上卻映出樹頂。腳邊的水坑映著遠山的輪廓。

仔細端詳才發現，水面映出的是居里看到的景象。居里都會飛到前方枝頭等利迪爾，等他追上再繼續往前飛。

馬鞍上裝有一面晶亮的鏡面金飾，利迪爾便決定以其當作鏡子來映照影像。將金飾拿給居里看時，牠似乎很喜歡發出的亮光，對著鏡子照了好一陣子，之後便改將影像傳送到上面。

多虧如此，利迪爾人在深山卻完全沒有迷路。沒錯的話——正直直往愛迪斯前進。

沿著偏僻的山道來到這裡，沿途尋找居里的蹤跡。

這座森林對利迪爾十分友善。可食用的野菇悄然對他發出光芒。岩石滲出的清水閃亮著粼粼波光，讓他知道水源的位置。因天氣寒冷，還未成熟的果實從樹上掉了下來，雖然咬起來很硬，但至少沒有讓他餓過肚子。

然而身上的糧食已經見底。到第十三天為止，為躲避暴風雨而躲進不見天日的洞穴，之後就算不清經過幾天。劍也在和大蛇戰鬥時掉進了石縫裡。

差不多該下山不可了。前往愛迪斯的路應該是一片平原才對。

而且好冷——

利迪爾抱著馬兒取暖。

聽說愛迪斯很冷，特地將所有衣服都穿在身上。但看來光靠衣物並不足以禦寒。若今晚繼續睡在森林之中，可能就再也醒不來了。昨晚也是，若不是居里把他叫醒，大概早就失去意識凍死了。

——我有自己出過遠門嗎——

他曾讀過旅人的故事。但不知如何覓食，對生火也一竅不通。

雪從枝頭重重落下。森林深處吹起一陣風雪。北風不斷從高枝呼嘯而過，發出陣陣笛鳴。

「嗚……」

他害怕得哭出來，但每當心裡難受時，就會想起躺在病床上的古辛。那深情的聲音、溫暖的大手、滿是柔情的眼眸——

得繼續前進。

利迪爾用手背抹去眼淚，忍住想要哭倒在馬背上的衝動。抬頭一看，一個白色物體在樹叢外若隱若現。

「是……那裡嗎……」

從林梢縫隙看得到雪山。愛迪斯就位於那座山的另一頭。

沒有走錯方向。一路上都讓居里先確認安全，在山路到處晃，所以時間才會超出預想這麼多。

已經沒辦法待在山裡了。接下來必須下山，在平地確認是否有追兵，設法張羅食物不可。

「居里。過來。」

一伸出手臂，居里就從高枝飛了下來。

利迪爾百般疼愛地撫摸居里的身體，伸出右手指著天空。

「你回去吧，居里。若再繼續遠離伊爾．迦納，你會迷失回家的方向。」

已經趕過居里好幾次，但居里就是不肯離開利迪爾。居里也不能回王城，只能在城外的森林待到戰爭結束。但無論怎麼趕還是跟在身邊，為他偵查前路。

「真的不可以再跟來了。前面可是比這裡還冷喔。」

說完便將居里往空中一放，只見牠拍著翅膀往上飛，最後依然停在高枝俯視著他。

利迪爾不知該拿牠如何是好，繼續騎著馬往山的方向走。

那座山被白雪所覆蓋。他沒有任何和雪有關的記憶。又或許本就一無所知。

該怎麼越過那座山呢。

利迪爾邊騎馬邊看著遠方，下一瞬間緊急拉住韁繩。

「停。危險！」

山路突然中斷，是山崖。隱身在枯葉之中難以發現。

馬兒急忙踏腳止步。一陣砂土隨之落下山崖——一人一馬也撿回一命。

利迪爾下馬，將馬兒拉到後方，獨自走到崖邊。

懸崖的下方就是平地，看得見白雪茫茫另一端有幾個小小的屋頂。煙囪正冒著煙，應該有人居住。

懸崖大概有三個人那麼高。有繩索之類的東西就可以爬下去。

是否有可以帶馬下山的道路——利迪爾四處張望尋找，但此處三面都是懸崖，沒有任何坡道。

「謝謝陪我走到這裡。你也回去吧。」

他一臉憂心地靠在馬兒頭上，撫摸牠的臉頰。

馬兒應該自己回得去吧。就算被加爾耶特抓到也不會有生命危險。

利迪爾小心翼翼地走到崖邊，跪著伸長脖子觀察下方。

是用爬牆虎編成繩子就可以降到地面的高度。順利降落地面後，找戶人家討點食物，再詢問如何前往愛迪斯。

「……好。」

正當準備起身時，腳突然沉了下去。起初以為踩到泥濘，沒想到下個瞬間整塊地便往懸崖滑下。

糟糕。

等意識到大事不妙已經太遲了。利迪爾就這樣跟著塌陷的泥土滑落山崖。

「……嗯……」

利迪爾是被冷醒的。睜開眼睛後，映入眼簾的是一片天空。

這裡是哪裡——左右張望一番後，發現臉旁有土塊。圍巾掉在另一頭，上方不時有纏在藤蔓上的枯枝落下。往上看去，便看見缺了一角的懸崖。

自己似乎從上面掉了下來，現在正倒在地上。

利迪爾望著天空發呆。

風停了。

白雪從灰濛濛的天空往下沉。無數而無限，有如身處海底一般。

馬兒已不見蹤影。隨著一陣啾啾叫聲，居里快速飛下來，鳥喙還叼著一隻蟲，大概是特地抓來給利迪爾的。

「我沒事……只是受了點小傷。」

居里停在利迪爾的肚子上，憂心忡忡地看著他。利迪爾摸了摸牠的頭，緩緩撐起上半身。

在跌落途中被枯藤接住好幾次，所以身體並無大礙。

雙腿沒有骨折，身上也沒流什麼血。腿破了皮，膝蓋和手掌上有擦傷。還摔到了肩膀。利迪爾在心中暗暗叫疼——

「好了……你可以上去了。而且得離開這裡。」

就在這時，突然一陣強風呼嘯而過，利迪爾急忙把居里抱進懷裡，免得牠被吹走。有如地鳴般的風聲越來越近。看來暴風雪又要來了。

「很冷對吧？上去吧，可以飛去埃維司特姆。不行的話，就到更暖和的地方找適合居住的森林。知道了嗎？前面有幾戶人家，我會去那邊，不用擔心。」

即便利迪爾苦口婆心地相勸，居里還是不肯離開。利迪爾坐著立起左腳，關節深處卻隱隱作痛，似乎是扭到了。

這點小傷不要緊。他鼓勵自己，輕輕深吸一口氣。亢奮不安的情緒和寒冷在體內胡攪蠻纏，彷彿要將身體四分五裂似的。用顫抖的手召喚出治癒之力，如他所願，手指冒出了繚繞的綠色光絲。

輕撫著逐漸發燙的腳，又冰又熱的感覺令他疼痛入骨。

從上面看還以為很近，下到平地後才發現根本看不到民宅。又沒辦法把馬兒帶下來。得用走的——

試著用治癒之力治療腳傷，但疼痛遲遲未退。不知道要花多少時間才能走路。若在這裡待到晚上，這次肯定會凍死。

事到如今，也只能硬著頭皮走了。

利迪爾緊閉雙眼，忍住淚水摸著腳。就在這時，遠處傳來馬車的聲音。

是臺小型載貨馬車。由兩隻小馬拉著，上面坐著一個頭披黑布的人。

他不知道該求救，還是該馬上逃走。

此刻的他又餓又冷，再加上受傷的衝擊，腦袋無法思考，身體也暫時動彈不得。他呆呆看著，馬車駛近停在了利迪爾面前。

「怎麼了？你……應該不是旅人吧？」

是女子的聲音。並非加爾耶特的士兵。

她從連帽長袍底下，一臉驚訝地看著滿身泥濘呆坐在地的利迪爾。

「長得好像春日精靈啊，在這裡做什麼呢？你家在哪裡？小弟弟。太陽就要下山了，在這裡玩泥巴可是會感冒的喔。」

「不是的，我是旅人。請問妳知道哪裡可以借宿一晚嗎？」

女子不可置信地彎下腰，看了看他身邊散落的土塊，又抬頭看了一下懸崖。

「還好嗎？撞到頭了是不是？你摔得很深呢。別再惡作劇，趕快回家去吧。別讓媽媽擔心。」

會擔心的是王和伊多才對。

「等等。請等一下！」

見女子準備駕車離去，利迪爾急忙叫住她。

「愛迪斯是這個方向沒錯吧？」

「愛迪斯？」

「我得去愛迪斯一趟。」

女子聽到後嚇得縮起肩膀，隨後哈哈大笑起來。

「愛迪斯？你打算穿這身衣服去愛迪斯？你從哪來的啊，小弟弟。這身衣服應該是上等貨吧——不太像對面村落的人呢。只是有點破爛就是了。」

利迪爾搖搖頭無法回答，繼續詢問女子。

「妳也是要去愛迪斯的旅人嗎？」

「是啊。」

「可否請帶我一起去呢？」

「不行。我在趕路。」

「我也在趕路！」

女子將帽兜戴得低低的，盯著利迪爾瞧，沉默半晌後說：「上車吧。」

利迪爾急忙起身，顧不得傷口還在流血，便拖著扭傷的腳走向載貨馬車，照女子的指示坐到了她旁邊。就在這時，居里拍著翅膀飛了過來。

「牠很親人呢。是你養的鳥嗎？」

「呃，對。」

居里只對特定的人友善。利迪爾趕緊將牠擁入懷中，若咬傷這位救命恩人，那可就不妙了。

「我就大發慈悲送你到旅店。如果對受傷的人見死不救，晚上會睡不好覺的。你先在旅店住著療傷，之後再做打算吧。」

「是親切的人家嗎？」

「什麼人家？是旅店。你應該有帶錢吧？」

「錢？……是說財政資源嗎？」

利迪爾知道錢是指架橋或蓋聖堂的費用。但又不是要蓋房子，只是要找個溫暖的地方住一晚而已。

「哇。該不會是貴族子弟吧？唉唷，怎麼這麼倒楣。平白無故撿了個大麻煩。」

女子雖然對初識的利迪爾出言不遜，卻沒有將他踢下馬車。

兩人來到一間亮著燈火的屋子前，女子沒有敲門就一把將門推開。

「快點進來，大少爺。」

利迪爾很猶豫該不該報上名字，只是乖乖拖著腳跟在她的後方。

屋子裡放了一張桌子，一個體態豐盈、頭髮斑白的女人正在織東西。

「兩個人住宿。給我兩間房。」

「好。你們就住走廊底的那兩間房。要吃飯嗎？餐費要另外付。」

「不用——算了，給我一人份的餐，要熱的。」

女子瞥了一眼利迪爾後如此說道。

「給我一杯熱水。借用一下那裡可以嗎？」

她說著指向房間角落的長椅。那裡放了舊木頭長椅，以及傷痕累累的髒木桌。

女子將利迪爾帶到長椅上。

「今天這頓飯我請你。明天天亮你就乖乖回家。一定是和**母親大人**吵架了對吧？」

「不是的，是真的得去愛迪斯一趟。拜託帶我一起去。作為答謝，只要到了愛迪斯，要什麼我都可以給妳。」

只要到王城，就可以向羅榭雷緹亞要一些金銀珠寶，送給她當謝禮。

女子噗哧一笑。

「說的比唱的好聽。越看越像不知人間疾苦的富貴子弟。但還是不能帶你去愛迪斯。」

「是對我開出的條件不滿意嗎？」

見利迪爾不肯死心，她從帽兜底下默默看了他半晌。然後將手伸向店家送來的熱水杯，露出留著長指甲的纖指。

「愛迪斯現在，包括王城和周邊所有地方，都成了一片冰天雪地。」

「王呢？羅——皇妃呢？」

利迪爾著急得站起來問道，女子不耐煩地聳了聳纖細的肩膀。

「不曉得。畢竟整個國家都凍結成冰了。」

沒想到連王城都沒能逃過這場嚴冬的肆虐——難道是因為這樣才音訊全無嗎。

——所以你去了也沒意義。我是做好萬全準備才來的。

女子的馬車上載著雪橇，馬匹也是可以走雪道，體態渾圓的粗腿小馬。

她要利迪爾打消去愛迪斯的念頭。前面是一片冰河，要穿過雪山才能抵達愛迪斯邊境，也不知道雪山另一頭現在是什麼情況。還說利迪爾只穿厚衣，沒有任何禦寒工具，去了也只會在明晚凍成一具屍體。如果非得要去，就回去準備好雪橇和隨從再出發。

太陽才下山，外頭便下起鵝毛大雪。要是今晚待在外面，肯定是死路一條。店家送來只加鹽和蔬菜碎末的湯和硬麵包到房間。

利迪爾的腳踝已腫到無法走路。

打開後窗讓居里進屋，一邊打盹一邊往腳踝注入治癒之力，久違躺在硬床上睡著了。

然而盡做些可怕的惡夢。

看見王痛苦地躺在沾滿血跡的被子裡，問利迪爾是否願意再嫁給他一次。利迪爾想回應，卻怎麼也發不出聲音，只能任憑一個假的他逕自在王身邊說話。

從嘴型來看，似乎是在喊自己的名字。

利迪爾朝越離越遠的王伸出手。

說話。

古辛——古辛！

他拚命呼喊，但聲音卻傳不到王那邊。因為他是假的，不是真正的魂，王聽不到他

古辛——！

儘管如此他仍不肯死心，哭著大喊王的名字。好想讓王聽到。好想觸碰到王——！

每當用力伸長手，「門」就會乍然出現在眼前，然而當要靠近時，門就會閃爍消失不復存在。

好不容易熬過這似夢似醒的痛苦時光，利迪爾深宵便淚流滿面地下床。

他梳洗過後，在黎明前敲了女子的房門。裡面傳來一陣咳嗽聲，不知道是不是病了，一整晚都在咳嗽。

正想詢問是否沒事，女子便披著黑色長袍，睡眼惺忪地打著哈欠現身。

「昨晚很謝謝妳。我若平安回到故鄉，必定投桃報李。請問府上哪裡呢？」

「我沒有什麼府上。我叫嘉兒，就這樣。」

「謝謝妳，嘉兒。我若平安歸來，一定會去答謝。」

「喂——等一下！你真的會乖乖**回家**對嗎？」

利迪爾本想老實回答不會，但又怕被阻止，所以露出模稜兩可的笑容，便往門廳走去。「喂！」嘉兒急忙跟了上去。

老闆娘正坐在門邊的椅子上打盹，聽到利迪爾的腳步聲驟然驚醒。

「這麼早就要出門啦？」

「謝謝。房間很舒適。」

「**舒適？**」

老闆娘皺起眉頭，毫不掩飾地打量他的頭髮、眼睛、服裝，從頭到尾仔細端詳了一番。然後從桌後探出身子，彷彿在窺視似的，抬頭看著利迪爾。

「……欸，你也有金子是嗎？」

「金子？」

利迪爾搞不懂是在說錢還是真正的金子。嘉兒曾說住宿需要錢，但也說過要幫利迪爾付才對。不知道到底什麼才是必要的。

年事已高的老闆娘用歪曲的手指指向利迪爾的領口。

「沒錯。那個像是鈕釦的東西。」

「這個嗎……？」

老闆娘指著的是利迪爾的領釦。那是一種將上下布料固定住的配件，只要有技巧地一拉就能輕鬆取下。利迪爾將領釦取下放在桌上。老闆娘以迅雷不及掩耳的速度拿起，對著微明的窗外端詳起來。

「唔喔！這個。這、這是金子！不是鍍金，是金子！」

「……要嗎？」

「要送給我?!」

「是的。」

「等一下。」

見老闆娘迫不及待要將領釦塞入懷中，嘉兒一把抓起她的手壓在桌上。

「要拿可以，但要給我們糧食和水，還有那個燒水壺和那邊的酒。另外，去幫我們準備大量的禦寒衣物，舊衣服也無所謂。這顆金子就算買下這間旅店的所有東西，應該還綽綽有餘吧。」

「咦。啊，這當然。早知道有金子的話，昨天就在湯裡加肉了。太可惜了，千金難買早知道啊。」

老闆娘誇張地喊道。嘉兒將臉靠近她，露出炯炯目光。

「還有──妳剛才說的『你**也**有金子』，是什麼意思？」

「喔，沒有啦，昨天有個奇怪的富豪早你們一步來到店裡。給了我們很多金豆。」

「一天之內不可能來兩次這種客人吧。」

「真的啦。你看，這位公子不也來了嗎！你們是昨天的第二組貴客──喔，對了──喂，老頭子！那張紙呢？那個怪富豪留下的那個。你應該沒有丟進柴爐裡燒掉吧？」

「紙？」

「對。那個富豪留下一張紙，要交給一個金髮碧眼的年輕人。他說的就是你吧，我可是一眼就認出來了！」

就在這時，睡眼惺忪的老闆拖著沉重的腳步從房裡走出來。他不發一語地將紙條放在桌上，又一聲不吭地回到房裡。

「這是……」

「這是哪一國的文字？我認得的字不多，上面寫的一個字都看不懂。」

這是王族、宮廷貴族、大魔法師才看得懂的文字。假設這封信掉在路邊被人撿走，只要出了王城，就沒有人看得懂。

——勿完成紋身。亦無須掛心。安心回故鄉去吧。我的愛妃。

這張沒有署名的信上如此寫道。很顯然是古辛寫的。

利迪爾大吃一驚，急忙探出身子。

「這……這封信是什麼樣子的人寫的？」

「不知道。一個不知道是打哪來的富豪。身材高大，長相帥氣。留著一頭黑長髮，戴著從沒見過的耳飾，小麥色的皮膚看上去活像張鞣制皮革，戴著叮鈴作響的手鐲。身上散發出一股未曾聞過的香水味。還帶著幾名隨從。」

「那個人可安然無恙？」

「不。看起來身體狀況不太好。所以本以為會住個幾天才走，沒想到進去房間沒多久就離開了。大概是對我們的床不滿意吧。」

利迪爾不禁全身發抖。

古辛——來找我了嗎？

放下戰爭中的伊爾．迦納——忍著重傷的痛楚——？

利迪爾把紙拉向自己，那上面彷彿還殘留著古辛的體溫。他咬緊了牙根，忍著不要把信攥緊。

想要馬上回去。此刻就化作一隻鳥兒，揮著羽翼飛上天際，回到古辛的身邊，衝進他的懷中。

利迪爾好不容易忍住想要嚎啕大哭的衝動，將信按在胸口。

「……我知道是誰寫的。這封信我收下了。」

「這封信果然是給你的對吧。」

「是的。無庸置疑。」

利迪爾小心翼翼地將信放入腰帶縫裡。

「那是什麼？」

嘉兒也露出好奇的表情。

腰間的紙彷彿在發熱似的，利迪爾閉上雙眼，雙手交疊放於其上。

「這是能令我更加堅強的心箋。」

利迪爾向老闆娘鄭重道謝。老闆似乎會把嘉兒指定的物品全拿到外面。

嘉兒跟著來到門口。

「你真的要去愛迪斯嗎？」

「是的。謝謝妳跟我說這麼多。我現在走得動了，打算慢慢走過去。」

這一趟不知道要花上多少天，很有可能無法在風雪中活下來。但他只能這麼做了。賭賭看這萬分之一的機會，繼續前進為古辛帶來奇蹟。

嘉兒雙手抱胸，深深嘆了口氣。

「我帶你去吧。不確定能走多遠就是了。」

「怎麼突然……？昨天不是還叫我快點回家。」

「改變心意了。你在這裡等，我去梳洗一下。」

說完嘉兒便往房間走去。

老實說一想到要穿過那片雪原上山就發愁，很感謝嘉兒願意帶自己去。

利迪爾等人來到滿是積雪的庭院，在桶子裡點燃幾根柴薪代替篝火。坐在椅子上，看著蓄著白鬚的男人將馬車的車輪拆下，鉛灰色的天空發出鐵鎚敲打的聲響。

外面是一片銀白色的世界，若晚一天到達這裡，肯定會淪為山裡的凍死骨。

他們在旅店的介紹下來到這間舊貨店，將車輪換成雪橇。

——我們開舊貨店的，沒有辦不到的事。

旅店老闆娘告訴他們，過旅店就沒有任何商家了。

——之前本來還有其他旅店、打鐵店、酒館、肉店，可繁榮的呢！旅人都是在這裡張羅好物資後進入愛迪斯。

直到不合時節的大雪來臨。

——記得是去年夏末吧。有天早上，外面突然一片白色。客人說『外面積雪了。這裡可真冷，跟我當初聽說的不一樣』時，還以為他在胡說八道，今天是有點冷沒錯，但怎麼可能下雪，結果往外一看嚇了一大跳。」

一開始情況還沒有這麼嚴重，雪積不深，還會融化。

似乎是邊境旁的山頭先染上了雪色，推測積雪大概是從那邊吹過來的。之後雪慢慢下到山腳下，整座山都變成白色，形成雪原、結成冰河，逐漸擴張到這座村子。

從那時店家開始撤離，村人也紛紛出走。那家旅店也打算再十天沒人上門的話，就要舉家搬到南邊。打鐵店也關了，正當不知該去哪裡改裝雪橇時，老闆娘建議可以去舊貨店問問。舊貨店平時只賣桶子、鋤頭、提燈這類物品，老闆聽說要改裝雪車，不禁一臉訝異地看了看利迪爾，又看了嘉兒，說「好吧，我應該比你們會換」。這才接下這門生意。

舊貨店的兒子說，必須去住在很遠的大兒子家拿改裝的工具，來回需要三天。之後會盡力裝裝看，但不確定要花幾天的時間。

利迪爾懇求他們盡快。但無論是雪勢還是雪橇，都不是有求就能如願以償。嘉兒也說等腳傷痊癒再出發。

即便雪車順利穿過雪原，也不知道最後能撐到哪裡。無論如何邊境前還是有座雪橇無法通過的小陡山，跛腳是無法步行爬過那座山頭的。

利迪爾急到都快哭出來了，但除了等待別無選擇。他每晚都在借宿的小屋中祈禱，希望能將微薄的魔力傳送給古辛。此外必須設法讓居里離開。居里今天也不斷在利迪爾上方的高空中盤旋，幫他監視四周的動靜。

「你墜崖失憶？真是可憐。」

「說來遺憾，我什麼都想不起來。」

兩人在篝火旁取暖，嘉兒再度問為什麼要去愛迪斯。利迪爾一開始很有戒心，盡可能不提自己的事，但後來發現嘉兒似乎是個值得信任的人。雖然說話刻薄，行事又有點粗魯，但不僅很會照顧人，也十分善良。舊貨店老闆個性不擅交際，她總是開朗地從中斡旋，幫助利迪爾和他攀談。

不過還是不能告訴嘉兒是墜馬失憶，要去愛迪斯找哥哥。只告訴她，去到愛迪斯或許就能恢復記憶——不惜一死，也要找回與深愛之人有關的記憶。

「就這樣忘了不也很好嗎？連進家門的通關密語也忘了嗎？」嘉兒此話頗有旅人之風。她沉默了半晌又說：「有家可歸是件好事。」

利迪爾走這一趟，就是為了回家。他雙手握拳放在膝上，努力壓抑內心想要狂奔尖叫的衝動。

就在這時，空中傳來「唧！唧！」的鳥叫聲。

抬頭望去，竟看到居里在上空振翅疾飛。

「居里?!」

有五隻比居里大不少的黑鳥，正張開長長的翅膀圍捕居里。

「住手！快飛下來居里！」

利迪爾高舉手臂要居里下來，黑鳥卻擋住牠的去路。

「居里！」

利迪爾撿起腳邊的石頭往上丟，卻丟不到那麼遠。

「居里！快過來！」

居里想要突破重圍飛下來，但壞心的黑鳥卻不斷向牠圍攏。

「……就算是鳥，也不可以大欺小。」

嘉兒一臉嫌棄地說完後，取下一邊耳環站了起來。

只見她將耳環握在手裡，用拇指用力一彈。「啪！」的一聲擊中一隻黑鳥。黑鳥痛得張開紅嘴大叫。

「好厲害！」

利迪爾忍不住發出讚嘆。黑鳥嚇得紛紛逃開。居里也趁機高速滑翔降落，飛進利迪爾的懷中。

「居里！居里，沒事吧？」

利迪爾急忙檢查。牠呼吸十分急促，但似乎沒有受傷。

「謝謝妳，嘉兒！」

她歪著頭取下另一邊的耳環，那是一支七色雲彩的貝殼耳環。

「謝謝。該怎麼感謝妳才好呢……這樣妳的耳環就不能戴了。」

「沒差。反正也沒有特別喜歡這副耳環。」

「謝謝妳。」

再次向嘉兒道謝後，利迪爾緊緊抱住居里。

「……果然不行。你還是得回去。」

鳥類各有各的地盤。在天氣寒冷貧瘠的森林，原本住在這裡的鳥兒看到不認識的鳥來覓食，會生氣也是理所當然的。應該回到暖和又食物充足的森林，找一個安全的棲身之所——利迪爾不知道這麼說多少遍了，牠依舊不肯離開。

「牠是鳥。若牠不願意，說幾次都沒用。」

「我知道。可是，還是得設法讓牠離開……」

他打算等這波風雪停後放飛居里，直到牠肯飛走為止。幸好雪橇還沒改裝好，只能默默祈禱牠能在這段時間回心轉意。

「話說，剛才真的好厲害喔。那東西竟然可以打中高空的鳥兒嗎？」

「你是說這個嗎？」

嘉兒捏起只剩一邊的耳環，拿到利迪爾面前。

「對。簡直和彈弓一樣。」

那只是一支做工精細的普通耳環，看上去並沒有特別的機關。嘉兒究竟是怎麼練習，只是用拇指一彈，就能打中在高空飛翔的鳥兒呢？

「那是我的拿手特技。我是從一個海鳥很多的鄉下來的。」

也不知道是真是假。嘉兒依然將帽兜戴得低低的笑了。

選在那裡裝雪橇是正確的。

舊貨店離雪原還有一段路，原本擔心讓馬兒在普通路上拉雪車會增加馬兒的負擔，但隔天舊貨店附近便積滿了雪。

也因為這個原因，住在山谷另一頭的大兒子花更久的時間才趕到，結果等到可以出發就花了十天。

心急如焚的利迪爾原本還想先步行出發，但實際坐上雪車後，他才知道雪車比雙腿快多少。

而且嘉兒的載貨馬車十分舒適。小馬強健有力，厚蹄在積雪中走得相當穩健。利迪爾裹著厚被、穿著皮衣，遇上暴風雪也不怕。

居里從載貨馬車裡的利迪爾懷中探出頭來，睜著大眼睛盯著嘉兒一陣後，才慢慢從懷裡爬出來。

牠從利迪爾的大腿下去，靠近伸長脖子望著嘉兒。整隻鳥變得細細長長的，利迪爾好奇居里接下來打算怎麼做，果不其然手握韁繩的嘉兒突然轉頭對牠笑了一下。嚇得牠「啾！」地叫一聲，躲回利迪爾懷中。

這已經是今天第幾次了呢。半晌居里再次鬼祟探出頭來，伸長脖子看著嘉兒。而嘉兒則算準居里伸長脖子的時間，再次用力轉頭看向牠。

「啾！」見居里鳴叫躲回利迪爾懷中深處，嘉兒喜孜孜地笑了。

「都相處半個月了還不肯與我親近。我可是你的救命恩人喔。你不用在這風雪中飛，可是託我的福呢！不懂得知恩圖報嗎？小心把你烤來吃喔！」

被嘉兒這麼一威脅，居里「啾……」地叫了一聲，躲進利迪爾懷裡發抖。

「不是啦，居里是怕生。我從沒見過牠靠近陌生人。」

雖然相處不久，但利迪爾深知居里相當怕生。卡爾卡等人一天到晚被咬，薩奇哈一來就躲去角落面壁，伊多等人經常被從正面豎起羽毛威嚇。

「居里知道是妳救了牠喔。」

「不用安慰我了。少爺你人真好。」

利迪爾還是沒有告訴嘉兒名字。雖然嘉兒是個好人，但利迪爾的身分不宜曝光。嘉兒見他支支吾吾就是不肯說也懶得再追問，一直喊他「少爺」。

嘉兒不斷在咳嗽。咳嗽應特別注重保暖，她身處這冰天雪地之中不要緊嗎？

帽兜下嘉兒的側臉說道。

「這附近可以嗎？」

「可以。」

利迪爾才想搭話，她就開口了。

居里在利迪爾旁邊，正伸長脖子看著嘉兒，似乎很有興趣。大概是因為她也有擦香水，讓居里想起王了吧。

見嘉兒停下馬車。居里嚇得躲回利迪爾懷中。

利迪爾就這樣抱著居里下了馬車。

「居里。我們就在這裡分開吧。」

在那之後利迪爾不斷勸居里。往空中放走好幾次，居里每次都會飛回來，不過這幾天居里總是憂心忡忡地轉頭看向後方，似乎在猶豫該不該回去。

利迪爾將牠抱入臂彎中，不讓嘉兒聽到放低聲量說。

「去埃維司特姆吧。不可以自己回去伊爾．迦納喔！雖然很遠，但只要沿著森林飛就一定到得了。知道方向嗎？埃維司特姆是個綠意盎然的國家。森林也很遼闊，到附近就會知道了。」

如此悄聲說後，居里一臉哀戚地看著利迪爾。一雙微光閃爍的夜色眸子泛著水光。彷彿在懇求利迪爾能夠想起。說起來是在哪裡與居里相遇的呢？之前應該要問其他人的。

「好了，去吧。別被大鳥攻擊囉。」

利迪爾朝空中高舉手臂，居里便振翅飛向天空。

牠在上方盤旋一會兒，最後還是飛向遠方。居里這種小巧輕盈的鳥兒本就不擅面對風雪，牠知道無法撐過這冷冽的冰天雪地。

利迪爾看著居里逐漸變成一個小點，最後消失在風雪之中。嘉兒坐在馬車上對他說。

「星眼鴞。你養的鳥可真高級。」

「妳很清楚嘛。一直都旅居在外嗎？」

「時勢所迫。」

「妳的措辭真美。」

「我？」

「只是嘴巴很壞。」

人的教養是藏不住的。嘉兒口齒清晰，說話的方式也很文雅。

利迪爾坐上車後再度出發。嘉兒依然不斷在咳嗽。

「從在旅店拿出金子來看，應該是哪裡的貴族子弟吧？」

「我不是貴族。」

他是王族，是王妃。雖然是有原因才沒說真話，卻沒有理由說假話。

「……看來你就是不肯說呢。」

嘉兒曲解了利迪爾的沉默，繼續駕著馬車前進。

利迪爾裹著旅店給的防風厚布，往後一看。

雪無聲而漠然地下著，彷彿雲粉碎後不斷飄灑下來似的。

看來居里並沒有追上來。利迪爾在心底祈禱，希望牠可以平安抵達埃維司特姆。

這臺雪車相當耐跑。

舊貨店幫他們裝上的雪橇跑起來很順，馬兒在深雪上行走自如，單調而確實地在雪地中前進。

快抵達山腳時，天空突然吹起猛烈的暴風雪。所幸前方正好有一棟小屋，兩人便往那處直奔而去。

那是一座被積雪掩埋的廢棄馬棚。

兩人將馬安置在棚內後，便進入旁邊簡單用牆壁隔出來的房間休息。房裡有爐灶和桌椅，嘉兒說以前可能是專門租馬給旅人的商家。屋裡囤有大量的柴薪和牧草，多到難以想像這裡沒有人住。小屋的主人本來或許是打算在這裡過冬的。

他們在屋裡等了幾天風雪才平息。嘉兒帶了打火石。利迪爾想不起是從未見過，還是忘了見過。

從旅店帶來的食物快吃光時，風雪正好也停了。

接下來必須徒步跨越山頭，他們將行李搬到手推雪車上，把剩下的糧草都給了小馬，便離開小屋。

利迪爾聽從嘉兒的指示，跟在後面踏著她的腳印走。他們整隻小腿都埋在雪中，但雪深似乎遠遠不止如此。

山路很陡，利迪爾很慶幸腳傷好了才上路。

「呼……哈……」他聽著自己的呼吸聲，走在下著雪的山道上。

自己真的撐得住嗎。

嘉兒曾說這是座小山，在沒有暴風雪的情況下兩天就能下山。利迪爾也覺得大概只能在山裡住一晚，隔天太陽下山前就得下山，否則只有死路一條。

而且，寒氣十分逼人——

利迪爾抓著積雪的細枝，踏入深雪之中。

從不知道天氣可以這麼冷。

埃維司特姆四季如春。雖然有天寒之日，看過紛飛落下的飄雪，但從來沒有被這種足以染白山野、掩蓋山稜，伸手幾乎不見五指的大雪襲擊過。

寒冷也是一樣。甚至已經沒有冷的感覺，皮膚刺痛不已。吐出的氣都變成亮晶晶的冰屑飄然落地。不僅冷到繩子結凍斷裂，溼布也立刻凍成冰板。

每靠近愛迪斯一點，都能明顯感覺到氣溫在下降。

究竟能冷到什麼程度，嚴寒有結束的一天嗎？氣溫沒有底線持續下降到讓人不禁懷疑，這真的是自然現象使然嗎——

「很冷對吧？」嘉兒邊爬邊說，手中還拉著載滿行李的手動小雪車。她對後方的利迪爾說：「如果撐不下去就回頭吧！」

嘉兒似乎身體狀況不好。她都那麼努力了。在她放棄之前，我又怎麼能放棄。利迪爾這麼想著爬上這座小高山。

每每爬上陡坡，心臟就會撲通撲通地狂跳，苦不堪言。明明冷得皮膚刺痛，衣服裡卻熱得汗流浹背，甚至有想要脫衣服的衝動。然而只要遇到輕鬆的緩坡，冷冽的寒氣就會鑽心蝕骨。

結成冰的雪閃耀著晶亮的光芒，順著斜面不斷流下，有如一條發光的河流。

嘉兒沒有半點遲疑，在風雪之中不停前進。在深到沒有半點野生動物蹤跡的雪上留下足跡。利迪爾則跟隨著她的腳步。

太陽即將下山。夜幕還未降臨就已冷冽至此。

眼前是一片宛若掉進棉花之中的純白世界。

森林凍成一片死寂。風一吹，結冰的葉子就有如雲母般應聲碎落。吊在藤蔓中的冰柱不斷隨著風雪清脆作響。地上的枯葉彷彿鋪上一層輕薄玻璃似的，踩上去就會發出脆弱無常的碎裂聲。春天依舊沒有起死回生，滿山冰雪未見融化之勢。

冷冽的空氣幾乎要撕裂喉嚨，肺部隱隱作痛。能感受到空氣已然結冰。就連塵埃都結凍落地，四周只聞得到冰水的氣味——

越走越心神恍惚。疲憊不堪，身體沉重不已。冰冷的手腳彷彿不屬於自己似的。就連呼出的體溫都讓他倍感惋惜……好痛苦。

好想就這樣沉沉睡去——

想著想著猛然回過神來，努力撐起幾乎要碎裂的膝蓋。

不行。若是睡著——只要一蹲坐下來，就會和地面一同結凍成冰。

利迪爾驟然發現，全身上下只有指尖是暖和的。治癒之力——聚集之處是暖和的——

他想像指尖的力量流向全身，就和療傷一樣。讓治癒之光在血管中流動，命令身體暖起來——

利迪爾喘著粗氣，卻連白煙都吐不出來。對著嘉兒喊道。

「嘉兒。妳還是回去吧。」

接下來的路程沒有魔力簡直就是在玩命。就連利迪爾都是將魔力運至全身才好不容易保住體溫，身體不適的嘉兒肯定撐不下去。

嘉兒回頭看向他。接著語出驚人。

「你是埃維司特姆人吧？」

「對……妳知道埃維司特姆嗎？」

「以前去過。水果很好吃，花也開得很漂亮。」

「請問——」

這是謊話。

或許她真來過埃維司特姆。但只有王族才擁有肉眼可見的魔力。如果她所言為真，那她應該見過王家的成員。

不是自己。也不是司特拉迪雅斯。難不成，她是父王或母親的朋友——

正當想追問時，一陣大風呼嘯而過，吹得利迪爾縮起身體。

隨著太陽西下，夜晚的氣息在森林內逐漸蔓延，氣溫也隨之驟降。寒風如同尖針，冰柱像亂箭似的從枝頭齊發，結冰的葉子有如刀劍般落下，雪也結凍成冰。

冰掌控了這裡的一切，所有東西都將凍結，這在大自然中儼然是一股不自然的力量。

「這裡……不能待了，嘉兒。妳得趕快下山。」

一般人在這裡是撐不到明天的。和治癒之光一同在利迪爾體內流竄的魂不斷低語，這裡待不得，這裡很危險，現在就得馬上離開。

一旦夜晚來臨，這裡就會成為冰凍的世界，萬物無一倖免，不允許任何生物隨意侵入。有如詛咒，有如懸崖峭壁，又有如埋藏在地底深處，與時間隔絕的棺木。

嘉兒猛咳了起來。從咳嗽聲聽來應該已經病入膏肓。

就快要日落了。得保護嘉兒，趕快帶她下山。

「嘉兒……！」

暴風雪依然沒有停歇，利迪爾將治癒之光集中在手上，握住嘉兒的手，將身體裡的魔力注入她的手中。

自己只能繼續前進，但不能眼睜睜看著她去送死。

不想死。我好想見王。

腦中不斷浮現出古辛的畫面。躺在床上的憔悴模樣，告訴他想不起來也沒關係的笑臉。

頭好痛。

王的手指、王的香氣。然而正要挖掘出更深處的記憶時，卻像被切斷一樣一片空白。想不起相遇的那一天，也不記得兩人說過什麼話。聽說他們是同床共枕，但一樣什麼都想不起來。

——你願意再嫁給我一次嗎——？

如果你願意，我就願意。

利迪爾在心中回覆王當時未能說出口的話。就在這時，「門」突然出現在回憶之間。

那扇門漂浮在一片白色之中。

微微開著的縫隙放出光芒，彷彿在邀請他似的。

「……！」

手指突然感到一股前所未有的鬆軟暖意，體內瞬間充滿魂的熱度。原本涼透的血液也隨之回溫。他不禁呼出一口氣，氣息也因為體溫回升而化作一股白煙。

剛才好像在「門」裡看到了什麼東西。

但如今無暇追究。

「嘉兒。」

利迪爾想要趁著魔力似乎有所加強，盡快幫助嘉兒下山。

嘉兒盯著他瞧。

身處風雪之中，看起來卻毫無寒意，利迪爾從她壓低的帽兜中窺探她的眸子，只見她睜大雙眼，一臉納悶地看著利迪爾。

「——你是誰？」

嘉兒的雙眼在黑色帽兜下閃耀著光芒。

「之前在旅店還以為是錯覺，但這次很確定。剛才『門』打開了。」

「嘉兒……？」

「你究竟是誰？」

「……妳、是？」

嘉兒的聲音多了一分警戒，向利迪爾問道。

在這般冰天雪地中泰然自若，知道「門」存在的人。

「我是大魔法師。為了凍結成冰的愛迪斯（新奇的東西），特地來一探究竟，沒想到遇到未來的大魔法師（更新奇的東西）。」

「妳是……大魔法師？」

「是。我是來自遠方海岸的魔法師，有事來找愛迪斯皇妃。要不是你，我也不用裝得那麼怕冷。」

她脫去厚衣，風雪戲弄著她的頭髮，將有帽兜的黑色袍子吹得鼓鼓的。

「妳——妳知道愛迪斯現在的情況嗎？」

「只知道原因，不知道實際情況。所以才來一探究竟。」

「原因……？」

「一般人完全不知道發生了什麼事，國民也是一頭霧水。異國人更是無法想像。」

嘉兒望向愛迪斯的方向。

「是發生在打了長達三年的仗結束之際的事情。愛迪斯打贏了加爾耶特。在那之後沒多久，不知道什麼考量，羅榭雷緹亞就冰封了整個國家。」

「這些……全部、都是……羅榭雷緹亞皇妃做的？為什麼要這麼做呢？」

「我聽到的就這麼多。但肯定是那傢伙沒錯，只有羅榭雷緹亞有這個能耐。憑一己之力就將這座大的跟什麼一樣的帝國凍結成冰，這種人有兩個還得了。你看，這就是他幹的好事。真不愧是『冰之大魔法師』羅榭雷緹亞，力量一直在增強。別說是愛迪斯，就連周邊地區都成了一片冰天雪地。再這樣下去，這個國家將陷入永無止境的寒冬。冰河不斷加厚，將入侵者吞噬其中。」

「『冰之大魔法師』？」

「你什麼都不知道就傻傻跑來了啊？哈哈，果然是新手。好吧，就教教你吧。」

嘉兒抬頭看著不斷沉落而無止境的雪，張開雙臂。

「並非所有大魔法師都有資格冠上自然現象的頭銜。那傢伙在與加爾耶特一戰中取得了『冰之大魔法師』的譽號。可自由從門的那側提取力量，將之與這個世界的魂合而為一。尊稱為羅榭雷緹亞——冰之大魔法師。」

「請救救皇妃！如此使用魔力會沒命的！妳也是大魔法師對吧？」

利迪爾很清楚需要多少魔力才能操控如此巨量的冰雪，也知道魔法師使用魔力會造成耗損。明白持續冰凍的負擔有多大，不斷釋放魔力的行為會如何侵蝕性命。再怎麼特別的大魔法師，身體也不過只是人類的肉身。

如果了解的話希望她幫忙解救，至少教他該怎麼幫助羅榭雷緹亞。記憶中的羅榭雷緹亞有著少女般的樣貌，是總將眼睛瞇成細線，露出月光般微笑的哥哥。

嘉兒從帽兜下看著利迪爾，接著一語不發脫下長袍。

夜色的髮絲隨著風雪飄揚。

她是個美人。

有著一頭有如水底的深藍色髮絲，以及一樣顏色的眼珠。然而，白皙的皮膚上卻長滿紫色的斑紋。從額頭蔓延到眼睛，從脖子蔓延到臉頰也是。臉上只有口鼻附近是乾淨的——恐怕身上也有像是攀滿腐爛蔓草的斑紋。

「我已病入膏肓，沒辦法使出強大的魔法，頂多也只能再活半年。來這裡是要向羅榭雷緹亞求助，卻看到這副景象。」

「有沒有搞錯。」說完她自言自語似地低聲咒罵，用滿是斑紋的臉龐看著利迪爾。

「**好了**，那你呢？」

這個祕密足以換到利迪爾的坦承。

他坦率地看著嘉兒，報上名號。

「我是利迪爾．烏尼．佐哈爾．斯瓦堤。原本是埃維司特姆的三王子，現在是伊爾．迦納王妃。也是羅榭雷緹亞皇妃的弟弟。」

「羅榭雷緹亞只有妹妹才對。還是那個襁褓嬰兒其實是王子？王妃又是怎麼一回事？」

「我以公主的身分，代替羅榭雷緹亞皇妃嫁到伊爾．迦納。」

「喔，我聽過這件事。聽說愛迪斯把羅榭雷緹亞搶走後，前伊爾．迦納王大發雷霆，氣得都快要在地上打滾了。記得還打破協定，聽說對埃維司特姆進攻——為了安撫伊爾·迦納，承諾把下一個公主給他們囉？只能說你那位國王老爸膽子可真大。」

嘉兒哈哈大笑，遮住眼睛抬起頭。

「……那你來這裡做什麼？」

「我的魔法圓被舊傷截斷。之前好不容易才恢復魔力，現在卻失去記憶，變得幾乎無法使用魔力。」

利迪爾據實以告，希望能從嘉兒身上尋得任何可能性。既然嘉兒是大魔法師，說不定能提供方法或意見。

「來這裡是想請羅榭雷緹亞哥哥幫我紋身，修復魔法圓。必須趁傷口還在，用墨水把斷掉的魔法圓接回來，卻怎麼都連絡不上哥哥。又找不到其他大魔法師。」

「所以你就獨自來到了這裡？」

「是。」

「伊爾·迦納王呢？聽說新國王和那位特地去埃維司特姆大發脾氣的舊國王不一樣，是個廣受愛戴的賢君聖主。怎麼會讓王妃一個人來到這種雪山？未免也太糟蹋人了吧？」

「他為了保護我，被加爾耶特攻擊成了重傷。我想要接回魔法圓治療他。以我現在的魔力根本就無法治療他的傷。我想治好他，想讓他活下去。想讓他回到我身邊——」

說著說著，利迪爾不禁一股鼻酸湧上心頭。他將手放在胸口放信的地方，像是要從中獲得力量。

嘉兒突然露出想起什麼的神情。

「那封信又是怎麼回事？上面用魔法文字寫著『勿完成紋身，亦無須掛心，安心回故鄉去吧！我的愛妃』……是王寫的嗎？」

嘉兒就是看到那封信，發現利迪爾可能是王或是王族，才在好奇心之下改變態度。

利迪爾毫不隱瞞地坦白。

「那是我夫君給我的——情書。」

只是將這些說出口而已，利迪爾已淚流不止。

古辛。古辛。

是即便忘記卻還是依戀不已，此生唯一的伴侶給的信。

「告訴我整件事的來龍去脈吧。」嘉兒說。再加上也該休息了，她便說「我們找棵樹吧」邁開步伐。利迪爾則跟在她的身後。

「原來羅榭雷緹亞皇妃——是男兒身啊。虧大家還說『冰雪皇妃是個絕世美女』呢……難怪那傢伙體力好成那樣。」

「你們沒見過嗎？」

聽說話方式，利迪爾還以為他們很熟。因為嘉兒似乎認識埃維司特姆的某個王室成員，他很自然地就以為是羅榭雷緹亞。

「算有，但也算沒有。大魔法師的精神透過『門』彼此相連，而魂又是不分男女的。」

說完話嘉兒又咳了起來。

「嘉兒。妳還好嗎？」

嘉兒從剛才開始就一直猛烈咳嗽。雖說從相遇開始就咳個不停，但現在卻是又咳又喘，而且還是溼咳。

「當然不好。不然怎麼會來這種冰天雪地的鬼地方。我對滑雪又沒興趣。」

嘉兒找到一棵大樹，猶如從樹枝吊起三角帳篷般降下冰幕。

「真方便，只要召喚水就會自然凍成冰。」

看來她是從凍木中榨出水，再讓水從樹枝流下。竟能在如此低溫之中取水，真不愧是大魔法師。只見樹枝不斷滴出水，然後逐漸凍結成冰，往下形成類似蜂巢的東西，一轉眼便成了半透明的天幕。

利迪爾走了進去。這座冰製天幕可供兩個人躺在裡面。不用在外面吹風淋雪令人不禁鬆了一口氣。天幕之中訝異地溫暖。

嘉兒將墊布鋪在雪上一邊說道。

「加爾耶特是嗎……才被愛迪斯趕走，怎麼轉頭就去攻擊伊爾．迦納呢？距離這麼遠一點也不順路。而且時間也隔太久了。是特意重新整裝過囉？」

「是啊。整個王城的人都感到一頭霧水，但推測目標應該是我。」

「意思是他們想要大魔法師？」

「其他人是這麼說的。」

「雖然不是不能理解，但未免也太蠻橫了。」

利迪爾讓嘉兒看看他的背後。

既然要請人家幫忙出主意，就得確認一下魔法圓目前的狀況，否則即便是嘉兒也無從幫起。幸運的是嘉兒是名大魔法師。雖然機會很渺茫，但說不定——她可以修復魔法圓。

利迪爾坐到墊布上，脫下厚重的外套，解開衣領露出背後。

「好漂亮的魔法圓。」

嘉兒一看驚嘆道。

——您繼承了令堂的美麗魔法圓——

這句話令幾乎沒有母親記憶的利迪爾倍感自豪。感覺母親就在身邊，有如遺物一般令他欣喜。

在冰的漫反射下明亮的天幕裡，嘉兒跪在利迪爾身後，將臉靠近仔細端詳利迪爾的魔法圓。

「……是斷掉了沒錯。皮膚內部還留有色素，只要有墨水應該就能補救。不過，蒐集製造墨水的材料得花上好幾年時間。要找到魔法植物，還得晒乾和發酵，至少在這座荒蕪的雪山中不是幾天就可以找齊的。」

「啊。等等，這個。」

利迪爾急忙從懷中拿出一個小袋子，取出裡面的白陶容器。

「我身上就有墨水。這個可以嗎？本來是要帶給哥哥的。」

嘉兒禁不住笑出聲來。

「這是誰做的啊？應該不是烏賊墨汁或是松香吧？」

「據說是埃維司特姆魔法機構調製出來的。」

「早說嘛。這樣就省事多了。」

「嗯。」嘉兒發出溫和的聲音，看著魔法圓。

「……這道傷確實很深，但斷掉的地方很短。感覺應該不難接上。最多只需要……兩晚時間。」

「嘉兒。可以拜託妳幫我修復魔法圓嗎？」

「可以是可以，但很痛喔。」

「沒關係。」

「我可不想看到小孩子哭。」

「我不會哭的。只要能夠救王——」

才說到這裡淚水又滴滴答答地落下。看得嘉兒目瞪口呆，不知道該怎麼辦。

「愛哭鬼王子——不，是王妃。你確實是愛哭鬼沒錯，但膽小鬼不會隻身來到這種地方。真的願意一試？」

「我願意！拜託妳了！」

「好。紋身一旦中斷就無法重來，所以你要做的就只有兩件事，王妃殿下。一是忍住不可以逃走，二是祈禱我可以撐到最後。」

嘉兒說完，又溼咳了起來。

至少在失憶之後，利迪爾沒少受過皮肉之苦。

從睜開眼睛的那一刻起，墜馬的傷就疼痛不已；糧食吃完爬到樹上摘水果，卻滑落在地擦破了手。墜崖時更是不用說，甚至懷疑起自己真的是王妃嗎，住在旅店那一晚，擦傷和腳踝的扭傷有如針刺一般，痛得他哇哇叫。

「還好嗎？王妃殿下。」

「……還好。」

利迪爾坐在墊布上，抱著脫下的衣服，背對著嘉兒。

用的針是嘉兒的頭髮。把魔法注入髮絲，將其變成比鋼鐵更堅硬的針，沾墨刺入皮膚。

利迪爾能感覺到細針正慢慢穿入皮膚。一股劇痛隨之流過全身上下的神經。視線內的冰牆開始變得模糊而歪斜，他忍不住閉上眼睛。因疼痛流下的淚水像是鮮血似的。

「可真能忍。你難道不擔心沒有紋上去嗎？」

「因為非常痛我想應該是紋上去了。」

而且還很燙。

「當然痛囉。這個墨水可不只是在皮膚上色。必須與你全身的血液和神經進行連結，所以得用魔法將針刺到可刺範圍的最深處。」

嘉兒的意思是，墨水刺得越深越好。但刺到內臟又會導致死亡，必須刺在皮膚和內臟之間的魔力流動層。聽說只有大魔法師才能拿捏得恰到好處。

用魔法強化的針沾墨刺進皮膚，魔力會對墨水產生反應聚集，等待血管和神經前來連結，再用魔法將聚合之處接起固定。不斷重複這套流程將墨水紋在身上。必須維持魔力均勻和集中精神，在皮膚的最深處將墨水與神經編織在一起。

魔針刺進體內是件很痛的事。魔力對針尖的墨水起反應後會聚集過來，這時觸碰血管將神經的纏繞之處以魔力焊在一起。劇痛隨之爬遍全身，每每都讓利迪爾痛得幾乎要尖叫出聲。

「我很想拿安眠藥給你聞，但睡著後肯定會凍死，而且醒著比較好連上神經。」

「我撐得住。」

利迪爾的神經感觸似乎會反彈到嘉兒的針上。必須確認感觸才能予以相連，利迪爾醒著她才能確切掌握神經的狀況。

真的好痛——

利迪爾的額角大汗淋漓，汗水將抱在懷裡的衣服沾得溼漉漉的。每當被觸碰到神經，體內就會發出悲鳴，因血管膨脹而出汗。皮膚顫抖不已，汗水不斷順著手臂流下，全身毛孔都是張開的。若不低頭咬住衣服，就會忍不住尖叫出聲。雖然刺的是背後，卻是全身上下被無數針刺般的痛。每當針拔出，就會害怕下一針的來臨，忍不住想要從冰幕落荒而逃。

他用戴著戒指的那隻手握住王寫的信，再用另一隻手覆於其上。若不這麼做，肯定無法撐過如此痛楚，身體也因為疼痛而不斷發抖。

嘉兒冷靜地問道。

「你為什麼願意相信我？難道不怕我不是在修復魔法圓，而是在紋上詛咒嗎？」

「妳救了我，而且居里沒有咬妳。居里很少靠近人，代表妳一定是個特別好的人。」

利迪爾呼出一口氣，等待針從體內拔出。居里大概是被嘉兒的魔法氣息所吸引吧，但牠不是會僅因此親近的鳥。

「而且，如果妳真是壞人，頂多拿短刀從背後殺了我，而魔法圓修不好，我一樣也是死路一條。」

差別只有在這裡凍死或是下山凍死。無法見到羅樹雷緹亞，也回不去伊爾・迦納，只能在愛迪斯境內四處徘徊，最後斷氣凍結成冰。

嘉兒是利迪爾的希望，是陷入絕望深淵時照入的一道光。無論這道光來自多麼遙遠的星星，也要盡可能伸長手臂觸摸到它。

既然這種疼痛不會致死，那就不可以逃走。既然疼痛是魔法圓確實復原的證據，再痛也無所謂。

「我……無論如何都想找回自己的心。」

「你的心已經很堅強了。若意志力不夠堅定，是無法只靠那點魔力走到這裡的。」

「不，我失去了重要之人的寶貴記憶。無論如何想要把這分記憶找回來。寧可失去生命，也不願丟失王給我的那些心意——」

對疼痛沒有反應的淚水，想到古辛便輕易地落下。握著的信被汗水和眼淚弄得皺巴巴。

紋身前，曾答應嘉兒不會哭。他努力想要抑制淚水，卻聽到背後的嘉兒嘆了一口氣。

「我真的很討厭這樣。滿口都是期待啊、信任啊、大魔法師啊。」

「嘉兒……？」

「我討厭你的勇敢，也擔心你的美貌。小心被人利用，吃乾抹淨用完就丟。我以前就是被讒言沖昏頭，為了獲取魔力將蟲子放入體內。雖然如願當上大魔法師，身體卻遭到蟲蝕。現在已經沒有蟲了，卻留下餘毒，變成這副模樣。」

這是嘉兒的過去。羅榭雷緹亞也因為大魔法師的身分而嘗盡苦頭。人人都想得到羅榭雷緹亞，不是因為喜歡他，而是看中他的魔力。

「看到你就像看到以前的我。」

但利迪爾知道，並非所有人都如此。

——勿完成紋身，我的愛妃——

王比起魔力更重視利迪爾。嘉兒只是還沒遇到這樣的人罷了。

「錯不在妳，而是那樣對待妳的人。至少我這輩子都會由衷感謝妳，嘉兒。」

雖然不及對王的思慕，但嘉兒是他的恩人。即便連接魔法圓不幸失敗，只要他活著的一天，就不會忘記這分恩情。

利迪爾能感覺到嘉兒在苦笑，緊接著又是一陣猛咳。

咳完後，嘉兒喘著氣說。

「若伊爾・迦納王對你做了什麼不好的事，我絕對不會饒過他的。一定要告訴我喔，我來幫你詛咒他。」

她用尋常的威脅語氣說完後便笑了。

疼痛刺入利迪爾的皮膚深處，焊上神經後再拔出。一想到下一針即將刺入，利迪爾就怕得瑟瑟發抖。感覺痛得快瘋了。汗流不止，全身發冷，嘴巴也一直咬緊牙根而難以開合。

他反覆讀著刻在黃金戒臺上的誓言，以及短箋上的溫柔語句。宛如咒語，宛如心靈支柱。

「黎明前應該可以完成。撐得住嗎？」

「可以……妳呢？嘉兒。」

嘉兒咳得越來越凶。聲音也啞掉了，感覺十分難受。

中途曾問是否要停下，嘉兒回答「我只做想做的事，不想做的事打死也不會做」。那口氣充滿了魔法師的率性，利迪爾便沒有再阻止她。他痛得無法好好說話，只能在心裡發誓結束後一定要好好謝謝嘉兒。

「……總有辦法的。」

嘉兒可能是在逞強，但現在也只能交給她了。

風雪聲陣陣傳來。

強風發出的尖銳風聲在空中橫衝直撞，將天幕吹得嘎吱作響。

魔法圓還沒有接上的感覺。嘉兒說要到最後一針才知道結果如何，現在利迪爾能做的，就是緊握著信，祈禱王平安無事和魔法圓能夠恢復如初。

「——要拔針囉。」

在黎明前，嘉兒說道。

冰膜外已開始泛白。

「……」

利迪爾在疼痛與疲勞下，不知道有沒有點頭。他用指甲將手腕抓出血來，如今血已凝固。就連懷中的衣服也被咬破了。

好冷。痛得全身麻痺無法動彈，彷彿不是自己的身體似的。

「……不知道是否成功。但我盡力了。」

嘉兒說出令人感激的話，悄悄地拔出最後一針。

「如何？」

「什麼如——」利迪爾才要轉頭向嘉兒回話，背部突然熱了起來。

「……！」

他張大眼睛，有如活過來似地深吸了一口氣。

可以呼吸了。痛覺逐漸消失。身體裡有一股血液般的力量在循環。血液溫暖體內的光珠和生命之源，讓他恢復了呼吸。

「不會……冷了。」

並非皮膚出了問題，而是魔力順著血管流遍全身。能感覺到氣溫很低，卻一點都不冷。

這麼一來就能在風雪中活下來了——！

他一臉震驚地看著嘉兒。嘉兒說「太好了」，眼神彷彿在看小狗似的被逗笑了。就在這時，利迪爾的手不自覺地流瀉出綠光。

「啊……！」

那是治癒之力。只見綠光不斷從指尖、手掌、手腕往上方流出，在空中消失無蹤。

利迪爾愕然看向嘉兒。

「這些魔力傳到王那裡去了嗎？」

「嗯。如果你們身心都已完成契約，那或許就是吧。你們之間應該透過『門』彼此相連。」

「嘉兒。」

利迪爾握住她的手，想要多少治療為了自己而加重的咳疾。

然而，她卻輕輕推開了利迪爾的手。

「我可沒打算橫奪給王的治癒。我可不想被馬踢。」

「可是。」

「我可是大魔法師喔。就算沒有你的幫助也可以自己想辦法。」

被這麼一說，利迪爾不禁慚愧地道歉。

「你能打開『門』了嗎？」

「還不行。現在什麼都沒看見。」

「嗯。」

嘉兒疑惑地看著利迪爾發光的手。

「魔法圓已經修復了，但大魔法師的力量不該只有如此。」

「是因為還沒恢復記憶嗎……？」

「可能。門打不開嗎？」

「對。但有快開了……的感覺。」

利迪爾是憑感覺說的。他看不見門，但能感覺到魔力從門裡流到背後，在體內轉換為治癒之力溢出。

「所以是七成囉……畢竟你使用魔法圓的方式本就異於常人，在受傷之前已經被舊傷鎖住了很久對吧？」

「對。」

「只要抓住訣竅，又或是受到刺激——也就是恢復記憶，應該就可以提取出原本的力量。」

「我開門其實是為了恢復記憶。」

「是喔，可真複雜。」

嘉兒一臉痛苦地抱著頭咳了起來。

「我是很想休息一下，但再磨蹭下去整座天幕都要埋進雪中了。旅店那些衣服就不用帶了。你應該不需要了吧？」

「不需要了。」

他將那些衣服全放在地上起身時，體內突然湧出一股治癒之力。

利迪爾隔著冰膜看著外頭被風雪覆蓋的黎明天空。

出了這座山就到愛迪斯邊境了。在這之後——要幾天才走得到王城呢？王和伊爾·迦納都還好嗎——

多想無用，得繼續往前走。

利迪爾將手放在懷中的信上以示決心時，嘉兒說。

「好了王妃，該暖身了。既然你無意回頭，那就得全力前進。」

†
†
†

「關閉城門！不准放任何人進來！」

士兵奮力將城橋用鋼線捲起，城橋嘎吱作響。四處都是淒厲的叫喊聲。萬箭齊發，伊爾．迦納和加爾耶特的士兵拚了命地往橋上跳，投石器投出的石頭不斷砸在逐漸上升的橋上，彈開後在護城河激起強烈的水花。

兩軍在王城的庭院裡交戰。

「留活口。抓俘虜！」

「投降吧！你們已經逃不掉了！想活命就乖乖投降！」

雙方短兵相接，慘叫和怒吼此起彼落。

伊爾．迦納成功在大軍攻陷前拉起城橋。只要將城橋拉起，在高聳的城牆和護城河的守護下，還可以撐半個月。現在只要將闖入城裡的敵兵清空，就可以暫時喘一口氣。

伊多身穿劍士鎧甲，在維漢小隊中作戰。

——幫幫我們伊爾．迦納的王城和王吧。高貴的埃維司特姆劍士。

王出城後，維漢在一場戰鬥中身負重傷。他堅持還能再戰，還好小隊把他硬是拉了回來。維漢可是伊爾．迦納的核心。在雷王古辛離開戰場後，多虧有他的指揮，才能撐到現在。伊多正是受到維漢的拜託。

——把城門關上。守城。

王在病床上給出這樣的指示。

伊爾．迦納已無力再戰。如今只能夠封城固守，不斷發動小規模偷襲，等待對方放棄撤軍。

所幸伊爾．迦納適合打守城戰。他們糧草充足，又因為是武強國，城門堅若磐石。雖然不如山城般堅固，但至少可以撐過十天半個月，運氣好的話還可以守城戰鬥一個月以上。

一般守城是為了拖延時間，等待援軍。但伊爾．迦納沒有援軍，守城不過只是延長生命。有多少機率對手會吃光兵糧，飢餓難耐而退兵呢——

「喔喔喔！」

伊爾·迦納的士兵正與王城裡的敵軍拚個你死我活。

「速速投降！否則死路一條！投降還有機會活著回去！」

伊多邊勸降邊作戰，敵人卻沒有打算回應。

伊多和一個彪形大漢對決，持劍砍向他的肩頭。即便隔著盔甲——只要往肩膀根部的關節一敲，手臂就會麻得舉不起來。果真如料，敵兵在伊多面前將劍掉到地上，急忙想要撿起來卻被劍抵住。隊友從背後將他制伏，用繩子綁住雙手。

「伊多閣下，好劍法！」

「……我只是個文官。」

伊多喘著氣，看著被綁的敵兵低聲說道。說是這麼說，他現在也沒資格自稱文官，說到底服侍的主人（利迪爾）不在身邊。

正歇口氣時，視線邊緣又瞄到有隊友在和兩名敵兵廝殺，他立刻衝過去叫道。

「我來對付他們，快離開！」

他將背對背作戰的人拉開，逼到牆邊打掉敵兵的劍。看到隊友撿起後，本打算衝去救下一組隊友。就在這時，有人從後面拉住了他的手臂。

「伊多閣下！」

「卡爾卡閣下……？」

「請你立刻出城去找利迪爾王妃。」

「你說什麼？」

「這是陛下的旨意。不是你去就是我去。」

聽到這突如其來的命令，伊多不禁感到頭暈眼花。

王允許他出城找利迪爾。伊多當然也很擔心，王和他都是抱著悲痛萬分的心情離開那間旅店。正因為如此——

「不，埃維司特姆已經出兵去尋找利迪爾殿下了。我要留在這裡履行我的責任，代替我主向古辛王報恩！」

古辛耗盡體力和時間尋找利迪爾，最後他們才不得已回到城裡。如今怎麼能放著水深火熱的伊爾．迦納不管，出城去找利迪爾。

伊多其實很想立刻出發去救利迪爾，但他親眼看過愛迪斯前的雪原。他不覺得能夠穿過那片雪原，爬過雪山，然後踏進遼闊的愛迪斯找出利迪爾。

放棄吧。已經竭盡全力找過了。沒有辦法了。

他拋開念頭的腦海中，浮現出利迪爾兒時哭泣的樣子。

——伊多……！

伊多想起利迪爾膝蓋受傷流血而大哭的不安聲音。現在會不會也在哭呢？是不是在雪中等待救援呢？但實在不知道從何找起，愛迪斯太大了，大到無法漫無目的地徘徊——

王和維漢都不在戰場上。伊爾·迦納需要劍士的力量。

「說那什麼蠢話？你應該要負起尋找王妃的責任。而且，這裡——已經無力回天了。」

「卡爾卡閣下。」

很難想像這種喪氣話竟出自卡爾卡之口，伊多不禁皺起眉頭時，一個人影突然向卡爾卡的背後襲來。

「啊啊啊！」

一個敵兵正嘶吼著揮劍。

伊多急忙推開卡爾卡，擋下這一劍。

「快退下，卡爾卡閣下，這不是你打得贏的對手！」

卡爾卡並非不會用劍，但這些被送進王城殺戮的士兵個個身強體壯，幾乎都是用劍高手。若沒有接受過正式的劍術訓練，在他們面前就只有吃癟的分。

伊多四處尋找，想確認卡爾卡是否成功逃脫，卻發現他正與另一名士兵廝殺。看來剛才還有另一人潛伏在旁，他竟然沒發現。

「快、逃、卡爾卡閣下！」

伊多當機立斷讓卡爾卡盡快離開戰場，將敵人交給士兵解決。他刺向眼前敵人的側腹，從肩頭打掉對方的劍。

「！」

回頭一看，正好看到卡爾卡的劍被對手打飛。

伊多用力踩在敵人身上一跳，往卡爾卡對手的手臂敲了下去。

「嗚哇！」

雖然對方穿著鎧甲，但伊多還是能感覺到他的骨頭已然碎裂，敵劍也隨之落地。卡爾卡用力將劍踢到遠處。

伊多才鬆了一口氣的瞬間，那名士兵突然衝向前。閃避不及的伊多被壓倒在地，被士兵騎在身上，準備將他揍一頓。

「伊多閣下！」

隊友見狀急忙衝過來，幾個人從敵兵背後攻擊。

敵兵被從伊多身上拉開，一邊不斷口吐汙言穢語。吐口水罵著不堪入耳的話。

「伊多閣下！」

卡爾卡一臉驚慌地衝到他身邊。

正當伊多準備從地上爬起來時，他確認一下身體的感覺，嘆了一口氣說：「果然。」

膝蓋很痛，腳踝可能已經骨折。敵兵從意想不到的角度衝過來，沒有足夠的時間轉身，導致自己和那名穿著鎧甲的高大士兵的體重全壓在左腳上，整隻左腳都扭傷了。

「唔……！」

他打算起身，卻連膝蓋都立不起來，整隻腳動彈不得。膝下的血管跳動著，能感受到皮膚下方正在流血。

不知道是因為疼痛還是不安，伊多控制不住全身發抖，說出了真心話。

「……可以拜託你嗎？請你去找利迪爾殿下……」

其實——他本打算在解決城裡的敵軍後，依照王的旨意。他早就有意再次拜託王讓自己去尋找利迪爾。

「伊多閣下。」

「在這座王城中，你是僅次陛下和我，最熟悉利迪爾殿下的人。拜託你好嗎？」

卡爾卡一臉嫌棄。

「……如果我不去找你打算怎麼辦。又或是趁這個機會，暗殺掉那個派不上用場的王妃的話？」

「你不會這麼做的。」

若真要取利迪爾性命，也不會等到現在。無論是婚禮前還是婚禮後，他有的是機會下手。之所以沒有這麼做都是「因為王如此希望」，他願意為了王的幸福鞠躬盡瘁。

如果那位王允許自己或卡爾卡去找利迪爾的話，伊多想拜託卡爾卡。跛著腳雖然不能走太遠，但至少可以在庭院揮劍抗敵。

卡爾卡的臉上盡是憂心。

「我才擔心你會趁我不在對陛下不利。趁王受重傷的好機會，暗殺陛下，以陛下的首級乞求敵軍留王妃一命。」

「卡爾卡閣下。」

「可是你和我一樣，所以不會這麼做的。」

卡爾卡和伊多得到了一模一樣的結論。他們比任何人都清楚王和王妃的心思，最了解主人的痛苦和需求，所以絕對不會殺害主人的伴侶。王和王妃是彼此畢生無可替代的寶物，無論是出自什麼樣的好意，主人都不會允許他們做出這樣的行為。他們都不想失去一己之主，也比任何人都希望主人獲得幸福。

伊多趴在地上，伸出雙手握住卡爾卡的手按在額頭上。

「利迪爾殿下就拜託你了……」

只有卡爾卡可以代替自己。如果讓他在城裡任選，他一樣會選擇卡爾卡。

卡爾卡學富五車，頭腦精明，又比自己有手段、有耐心，一定能找到利迪爾殿下。

醫護兵跑了過來。

「伊多閣下，您腳受傷了嗎？」

伊多告知扭傷了左腳，士兵便將他背在身上。左腳完全立不起來，伊多費了好一番功夫才爬到士兵背上。

卡爾卡和平常一樣，一臉嫌麻煩又冷淡的表情看著士兵背後。

「我明白了。不過你們到底怎麼養出這種野丫頭的？」

「……讓你見笑了。」

「我大概能了解你的辛苦了。」

「卡爾卡——」

卡爾卡撿起地上的劍，「鏘」的一聲收入鞘中。

「王城——王就拜託你了，伊多。」

伊多看著卡爾卡回城準備出發的背影，回道。

「……我會誓死保衛伊爾．迦納的。」

†
†
†

在那之後，嘉兒開始在前方建起一道冰牆。和降下天幕一樣，讓樹枝滴水，做出一大塊有如圓鏡，能照映出兩人全身還綽綽有餘的冰板。

利迪爾本以為那打算用來擋風，嘉兒卻叫他將魔力注入鏡子。他詢問理由，嘉兒卻沒好氣道：「一天到晚問為什麼，你是小孩子嗎？」

他半信半疑地伸出手。還來不及傳送魔力，魔力就被冰板吸了進去。嘉兒也隨之將足以使森林巨震的強大魔力注入其中，冰板開始發光。

霎時間樹上的積雪有如瀑布一般倒瀉在地。大地發出雪崩似的地鳴。

嘉兒的眼眸搖曳著藍色光芒，一臉嚴肅地看著冰板。

「只有王城周邊有結界。看來羅榭雷緹亞沒有足夠的力量守住整個國家。」

嘉兒的判斷讓利迪爾有種不祥的預感。「走吧。」嘉兒說完，便走入發光的冰鏡中。

利迪爾見狀大吃一驚摸向鏡面，手竟直接穿過鏡子，整個人往前一倒撐在了雪地上。

他穿過了冰壁。

往後方一看，鏡子早已不見蹤影——只有一片遼闊無垠的雪原映入眼簾。

雪山到哪去了？

利迪爾彷彿被投入池塘一般，來到一個完全不同的世界。沒有森林，沒有山，唯一相同之處就是一片銀白。

他愣愣地看著眼前的景象，還沒來得及驚訝完，頭頂就傳來嘉兒的聲音。

「剛才那座山在那裡，這個方向。那裡的遠方的遠方的遠方的遠方。只是被風雪遮住了。」

接著更驚人的來了。

「這裡是王城外的城鎮邊界。你看這片雪，根本分不清什麼是什麼了。」

利迪爾不敢置信地張著嘴巴環視四周。

正如嘉兒所說，這裡真的是鎮上。

地面是平的，兩邊有被雪埋住的房子，有任憑風吹雪打的風車。還有看似水井的塔。地上一整條凹陷處應該就是馬路。

他們瞬間就從山上來到這裡，不費吹灰之力就穿過這個要走好幾天——搞不好要走十天以上的冰河。

「這是真的嗎……？」

嘉兒在雪中搖晃著身體猛咳不止，痛苦地說道。

「……已經關門大吉，只剩招牌了。」

她看起來十分疲倦。藍色眼妝的周圍黑了一圈，眼窩凹陷，腰彎得頭髮都快碰到雪地搖搖欲墜。

利迪爾不知道招牌是什麼意思，應該是說力氣用盡了吧。

「雖然還沒有完全恢復，但少了你的魔力是絕對無法成功的。現在的我沒有能耐帶兩個人飛到這裡。」

「飛是什麼意思？」

利迪爾追在逕自往前走的嘉兒身後問道。

「就是你看到的這樣。我們將山上連到這裡，直接穿過來。從邊界外面走到王城外的城鎮，認真走至少也要五天，不，這種風雪至少要走八天。哪走得了那麼久。」

也就是說他們在一瞬間穿越到了這裡。

用比喻的話，就是將紙的兩端拉近，然後從一端移動到另外一端。

「這叫飛地。你沒聽過嗎？」

「……沒有，第一次聽到。只知道哥哥能用某種魔法快速移動。」

原來哥哥是這樣做到的啊——

利迪爾小時候，偶爾會收到羅榭雷緹亞寫著「回家一趟」的簡短書信。當拿著信跑到司特拉迪雅斯那邊，幾乎同時羅榭雷緹亞就已經抵達埃維司特姆城。有時他會拿出皇妃的風範，從王城的正門走入（只是沒有帶任何隨從）；有時則毫無預警地坐在空無一人的寶座上，把女官嚇得驚叫出聲；不然就是突然出現在窗邊，彷彿一直在那一樣。

利迪爾曾和司特拉迪雅斯一起猜測他是怎麼辦到的，像是「羅榭哥哥應該是自己送信過來的」、「從愛迪斯出發一陣子才寄信」、「女官在羅榭哥哥快到之前把信藏起來」。羅榭雷緹亞只是將食指壓在唇上笑而不答。

「好棒喔……！這樣就不用花時間了！」

「別傻了。王城附近設了結界，接下來大概還要走兩天吧。」

「什麼?!」

利迪爾驚訝地看向王城的方向。

遠方有一座像山一般的白色凸起物。是王城的輪廓。從大小來看是不遠，但風雪似乎會導致距離感失常。那座王城大得超乎利迪爾想像。

定睛一看才發現王城其實很遠。剛才是因為雪剛好停了才看得到，下雪的話就看不清楚了。

利迪爾眺望著王城，慢慢將視線移到身邊。

周遭是一片彷彿時間靜止似的白色世界。沒有人，也沒有車馬，甚至沒有植物的動靜。

「王城的城門是開著的嗎。」

利迪爾頓感不安。

即便走到城門，又能順利進城嗎？城橋有放下來嗎？

嘉兒的咳嗽聲讓利迪爾回過神來，趕緊輕撫她的背。嘉兒似乎想要反駁什麼，卻咳得說不出話。利迪爾不想勉強她。

「不用說沒關係……我可以的。走吧。」

他們開始在細雪上前行，每往前踏一步就會激起雪塵。天氣十分寒冷，即便體內有魔力循環還是快凍僵了。

雪有如流水一般在積雪上流動，嘉兒施法讓深雪凝固。利迪爾讓魔力循環至血管的每個角落，在皮膚上也覆蓋一層薄薄的魔力，好不容易才能在低溫中行動。每當冷冽的寒風帶走體溫，魔法就會立刻幫身體加溫。

王城看起來比較近了，埋在雪裡的建築物也變大了。利迪爾也學會了不會滑腳的走法。

日落時分雪停了。氣溫隨之驟降。

深藍色的天空上掛著兩個月亮。

「魂之月出來了。我們可以從魂之月獲得力量。將光線擰成一縷拉到身邊，想像光在胸口處捲成漩渦。做得到嗎？」

「……做得到。」

利迪爾一邊聽嘉兒的說明，抬頭看著剛升上來的兩個月亮。

大的叫「天體之月」。小的叫「二之月」，是由這個世界的魂升空發光而成。

這天的夜空沒有星星，月色在冰凍的世界中更顯皎潔，彷彿要發出寒氣的聲音。強烈的月光照在利迪爾和嘉兒身上。明天正值滿月之日，降下的魔力十分強烈。

利迪爾朝空中舉起手臂。

只見魂之月像毛線球一般鬆開一條光束，不斷流進利迪爾體內。他按照嘉兒的指示，將光束在胸口捲成漩渦狀，慢慢往整個身體擴散。

身體暖和了起來，飢餓感和睡意頓時消失。疲倦逐漸散去，身體輕盈許多。

「很好很好。你做得這麼好，真的打不開門嗎？」

「真的。」

嘉兒說，這種法術只有開了門的人才能做到。熟練的人在吸收魂的力量後，可以長達數個月不眠不休、不吃不喝，不過像利迪爾這種初學者，建議先抓個幾天比較好。

所以他們一路都沒有休息。明明走在冰天雪地的銀色世界裡，看上去卻有如走在一般地面似地輕鬆，身邊的鵝毛大雪彷彿不關他們的事似的。然而，嘉兒的狀況突然變得很差，利迪爾勸她「不要逞強，走慢一點，要休息也可以」，卻被嘉兒劈頭罵道：「再不快點我就要死了！」

彷彿所有聲音都被如數吸收的寂靜雪夜，只聽得見利迪爾和嘉兒的腳步聲。

這條路上原本設有幾個關隘，但建築物被埋進了雪裡，也沒有半個人影。

「安靜成這樣感覺好不舒服喔。這裡真的沒有人嗎？」

嘉兒突然叫住利迪爾，從口袋拿出只剩一邊的耳環握在手裡。

她用大拇指一彈，飛出去的耳環打中遠方的塔，積雪「啪！」的一聲在月夜中四散。「啊。」利迪爾驚叫出聲。

幫居里趕走黑鳥時，他還以為嘉兒用的是蠻力，但現在魔力恢復，才看見原來耳環外面包著一層魔力。耳環只是核心，嘉兒彈出的是魔力做出的石塊。

「你真以為耳環能飛這麼高啊？」

嘉兒笑著挖苦他。「是啊。」利迪爾也難為情地笑了。

這片冰雪世界對於剛才的聲響毫無反應。

沒有人，也沒有任何動靜，風雪之中甚至照不出影子。唯一在動的就只有雪的碎片和利迪爾他們。

在月影之下閃耀著光芒的銀白世界走了一段路後，建築物終於變多了。還是沒有半個人。有生活的痕跡卻不見人影，格外不可思議。

繼續往前走終於發現了人影。利迪爾深深倒抽了一口氣。

「這太不尋常了……」

所有東西都凍成了白色。

房子、水井、菜園、人全都凍成了冰。士兵維持著拿刀廝殺的姿勢，馬則抬著半隻腳。

這不是一般的低溫，而是魔力製造出的寒冷。

「是突然結凍的，甚至來不及逃跑。」

眼前的景象令利迪爾驚訝得說不出話，一語不發地往愛迪斯城前進。

越往前走，結凍的人就越多。他們像石膏像一般白，栩栩如生地停留在最後那一瞬間的動作。士兵、路人、看起來像是在逃竄的小販，地上還有張著翅膀掉下來的鳥。

哥哥究竟發生了什麼事？

這片寒冷真的是羅榭雷緹亞所為？

利迪爾往王城的方向看去，看見一個人影衝向這裡。

那個白色的人影看起來只有少年一般大，速度卻快得驚人。

「……退後，利迪爾。」

嘉兒伸手護住了利迪爾。

一眨眼的功夫，一個看上去約十五歲的少年便來到眼前。

身體全是半透明的冰塊。

少年用無法震動的聲帶，發出有如冰塊互相撞擊的聲音說。

——快離開。否則會結凍的。

說完便掉頭離開。在這個靜止無聲的世界中，白影用比來時更快的速度往王城的方向消失。

「那……那是……哥哥……」

利迪爾愣愣地呢喃道。

那是他最早的印象，是年輕時候的哥哥。

和人稱羅榭雷緹亞新皇妃時的哥哥容貌相同。

一頭銀髮的哥哥十分美麗，世人還幫他取了個「月光殿下」的外號。是個有如冰一般的淺綠色眼眸、雪白色的肌膚，看上去宛如用雪和月光做成的人。

「原來你哥哥是冰做的啊？利迪爾。」

嘉兒用特有的苦笑聲說完後，又縮起身子咳了起來。看上去比剛才還要難受。

「嘉兒。妳還好嗎？離王城還有一段路，休息一下吧。」

道路兩邊都是民家和倉庫。雖然裡面應該有結凍的居民，但應該比屋外舒服。至少也讓她稍微躺一下。

「就說不用了。再不趕快，我大概就撐不——」

嘉兒一陣猛咳。利迪爾趕緊上前要幫她拍背時，嘉兒竟在雪地上吐出黑色的液體。看上去像是混了墨水般的血。她的病不僅是皮膚，還侵蝕了她的身體。

「嘉兒！」

嘉兒很是痛苦的模樣，接連在雪地上吐了好幾口血。喘著粗氣，兩眼無神地看著愛迪斯城的方向。

「都是我害的。要不是用飛地——！」

「不是……我只用魔力做出了鏡子。你是靠一己之力穿越鏡子的，王妃。雖然你只有七成魔力，但還是相當強大。」

「可是妳還幫我接回魔法圓，才會累壞了身子。」

「可能吧。但那是我自己選的，不怪你。」

利迪爾不知該如何表達對她的感謝。嘉兒是因為自己才消耗至此，一定得想辦法救她——

又開始下雪了。

「還有……好長一段路呢。」

嘉兒滿口是血，虛弱地呢喃道。她彷彿看不到似的瞇起眼睛。

「嘉兒。妳留在這裡。如果王城沒事，我一定會來接妳。」

「你真是笨蛋。這樣怎麼可能沒事？」

嘉兒舉起手給利迪爾看。

布料凍成了白色。利迪爾這才發現，自己的袖子、衣領，只要是沒有貼著皮膚的地方，都覆上了一層白霜。嘉兒是個大魔法師，利迪爾已將魔力送到全身循環，卻依然不敵冰雪的力量。

「王城裡可不知道有什麼東西。說不定早就被魔物占領了。這樣你還打算一個人去嗎？」

嘉兒想用問句勸退他。利迪爾卻回以堅定的點頭。

「……沒問題的，哥哥應該在裡面。」

剛才那名**使者**讓他確信，是羅樹雷緹亞支配著這個世界。

天空瞬間吹起大風雪。

雪大得令人不敢置信，在快要盈滿的月亮下閃爍著光芒呼嘯飄蕩。與其說是雪，更接近冰粉。

「嘉兒，拜託妳在這裡等我。如果我沒有回來，妳就往回走吧。」

利迪爾向旁邊的倉庫看去。門是開著的，裡面放有許多工具但沒有人。

而且還有一張長椅，利迪爾將嘉兒扶到該處。這才發現嘉兒骨瘦如柴。她竟撐著這副瘦弱的身體幫自己接回魔法圓，還使出飛地帶他來到這裡。

嘉兒似乎還有力氣幫身體加溫。這座倉庫至少能遮風擋雪，應該能讓她輕鬆許多。

「萬事小心，願魂溫柔伴妳身。」

利迪爾握著嘉兒的手予以祈禱後，便離開了倉庫。

只要跟著那名羅榭雷緹亞使者，應該就能到達王城。雪雖然很深，所幸兩邊都是民宅，還是能看出哪裡是馬路。

他在月光的照耀下一路走到了早上。

令人陶醉的世界和兩輪銀月。

太陽升起後，大地成了一片白色，耀眼到看不清東西的輪廓。似乎要等到日落之時，天空暗下來後，才能看清雪的形狀。

安靜得像是迎來了世界末日。這裡是個空氣裡沒有半點生命的氣味，清淨卻又殘酷的空間。

利迪爾在建築物的陰影處休息，避開風雪趕路以免失去方向。

沿著鎮上的大路走，就能抵達王城。

如今的愛迪斯城是一座足以反射月光的閃耀冰城，呈現出冰雪般的白色。

越靠近王城，廝殺的士兵也越來越多，有些士兵甚至身上還插著長槍遭到冰凍，也有人張著嘴在逃竄。四處可見冰凍的戰馬。

城橋沒有拉起，城門是敞開的。

戰爭看起來已經結束，然而有些人卻穿著浮誇的裝扮，有人則是一臉憤怒。

利迪爾就這麼長驅直入，沒有人阻止。

穿過滿是積雪的庭院。然而奇妙的是，進門後的路上只積了薄薄的雪，彷彿在等誰來似的。

門沒上鎖，用魔力稍微溶掉門上結凍的冰後，輕輕鬆鬆便打開了門。

即便門開著還是無人踏足。畢竟能來到這種異常低溫的冰凍世界的——只有大魔法師了。

彷彿在邀他進來，又像在向他求救。

門廳凍成一座冰窖，牆上不斷飄下亮晶晶的冰粉。

即便有魔力在體內循環還是幾乎要凍僵了，吐息變成白煙。冰的魔力比幫身體加溫的魔力要來得強。

愛迪斯城相當大。

光是入口大廳就給人一望無際的感覺，可以裝下好幾座埃維司特姆的小型宮殿。

這裡沒有半個人。連聲音都被雪吸收掉了。整間大廳悄無聲息，只聽得見利迪爾的腳步聲。

羅榭雷緹亞在哪？

正當打算繼續往裡面走時，又有哥哥模樣的少年從正面向他滑來。

——你是誰？大魔法師嗎？

哥哥的第二個分身向他問道。

「羅榭雷緹亞哥哥。我是利迪爾。」

——利迪爾……？

分身喃喃道，又快速從眼前離去，有如一陣風般，快速滑上從兩邊伸展出的弧形樓梯。

在上面嗎。

利迪爾吸了一大口幾乎把肺凍僵的冷冽空氣，大喊道。

「羅榭哥哥。是我，利迪爾！」

聲音響徹整座王城，回應的卻是一片寂靜。

就在這時，一陣亮晶晶的煙霧從天而降。

「哇……！」

煙霧迅速幻化成人，比起剛才明顯更像羅榭雷緹亞的男人——半透明的美男出現在面前。

水藍色眼眸圍著銀色睫毛。小巧的紅唇。一頭銀色鬈髮垂在臉旁。

——利迪爾……利迪爾？你怎麼在這裡？

「羅榭雷緹亞哥哥！」

利迪爾本想握住他的手，卻抓了一手冰珠。他訝然一驚，定睛一看才發現，哥哥的臉和眼珠都只是上有光色的冰珠。

「我是來救哥哥的。還有要拜託你一件事——」

說著說著，利迪爾不禁潸然淚下。

溫暖的淚水流落臉頰，離開皮膚後便結成冰應聲落地。

「我忘了很重要的人。明明魔法圓接上了，魔力卻無法順利運轉。」

照理來說，魔法圓接上後門就會打開，也能恢復記憶。但不知道為什麼，還是什麼都想不起來。門也沒有打開。明顯還少了些什麼。

——發生什麼事了。你怎麼會來這裡？

利迪爾斷斷續續地說出伊爾・迦納的事。

他嫁到伊爾・迦納，與王琴瑟和鳴。

卻忘記對他捨命相救的王。加爾耶特帝國來犯，現在隨時都可能滅亡，自己卻束手無策——

哥哥。為什麼沒有來幫我——？利迪爾本想這麼問，又吞了回去。他沒收到回信而感到十分難過，甚至埋怨哥哥的無情。但看到眼前的狀況，明白哥哥已自顧不暇。

映照出羅樹雷緹亞的冰珠群閃閃發光，這些冰珠互相撞擊，發出說話的聲音。

——親愛的利迪爾，我很同情你的遭遇，但還是得請你離開。我沒有辦法幫你。伊爾・迦納王說得沒錯，回埃維司特姆去才是最好的選擇。

「不，不能就這樣回去。我無法恢復記憶就算了，但不能放下哥哥不管。羅樹哥哥，愛迪斯到底怎麼了？」

好久沒有看到大人模樣的羅樹雷緹亞面露愁容。他看向一面白色的冰牆，牆上映出了故事般的圖畫。

圖畫有如生物一般栩栩如生地動了起來，彷彿在看窗外似的。

裡面的人在打仗。如同今夜，是兩輪明月剛升上天空的傍晚時分。

正在歡呼的應該是愛迪斯的士兵。

日落時分，人們在餘光之中點燃火炬。

王身穿氣派盔甲，頂著一頭有如烈火般的紅髮，旁邊則是羅榭雷緹亞。

高臺上展示著一卷降書，下方疊有加爾耶特戰敗後交出的戰旗。傳遞愛迪斯戰勝消息的傳令馬正源源不絕地出發，有些比較性急的國家已提前將祝捷賀禮送達。

王正準備宣布愛迪斯帝國的勝利。

雖然聽不見聲音，仍能看出眾人正歡聲雷動。他們高聲吶喊，高舉著長槍又跳又抱。

那是有如地鳴一般的慶賀聲。遠方的山丘上，能看到被打得落花流水的敵國在撤軍，一波一波人潮有如海浪似的。那個國徽——那個戰馬的裝備——正是加爾耶特軍。

一名年輕射手正躲在樹上拉弓。

整支箭燒著黏糊糊的紫黑色火焰，箭尖頭用的是詛咒之鏃。因咒力過於強大，年輕射手的手臂和臉皆已融化見骨。

利迪爾循著箭鏃看去，不禁倒抽一口氣。

弓箭瞄準的正是羅榭雷緹亞的胸口。

弓滿弦放。

利迪爾還來不及叫出聲，一旁的王已反應過來。

抓住羅榭雷緹亞的手臂，將他護在身後。

詛咒之箭貫穿王的胸膛——瞬間將他燒成火球。

彷彿能聽到羅榭雷緹亞的尖叫聲，接著王城便開始結凍。

冰霜以羅榭雷緹亞等人為中心，蔓延到整個王城。

露臺、樓梯、牆壁、庭院、城牆、護城河、街道、國民——

彷彿水珠滴落水面似的，冰的波紋一口氣擴張至整個愛迪斯。一瞬間後——便成了一片寂靜。

白色的冷冽之氣，輕拂過一望無際的冰雪。

這就是王的詛咒。愛迪斯的真相——

利迪爾驚訝得說不出話來，再度聽見哥哥的聲音。

——詛咒的箭鏃有能讓中箭者的力量失控的詛咒。

——我的伴侶，炎帝伊斯漢著火燒了起來。因體內有強大的炎之力，侵蝕他的火也是令人束手無策的高溫。這分詛咒直到燒盡體內的力量，火焰才會消失。只要我在，他身上的火就不會熄滅。

詛咒讓伊斯漢王熊熊燃燒，羅榭雷緹亞則不斷提供魔力給這些火焰。

——如果那天是我受到詛咒，國家當下就會覆亡。所以他才會保護我。替我擋箭，守護百姓蒼生。

光是想像如果詛咒射中了大魔法師，除了「完蛋」利迪爾想不出該怎麼形容。擁有無盡魔力的大魔法師一旦失控，這個國家就完了。還會繼續從門取出魔力，侵蝕其他國家以至於整個世界。到時各國就會視為威脅，出兵討伐失控的羅榭雷緹亞。

——王瞬間護住了我。

「所以哥哥才將愛迪斯變成這樣……」

——我別無選擇，只能將所有東西都凍結成冰。只能將王和國民冰封起來保護。

——若解開冰封，王就會在解咒之前燒死。

「怎麼會這樣……」

見羅榭雷緹亞轉身往城裡移動，利迪爾急忙追上去。

這座城氣勢磅礴，很是符合帝國的威勢。上方有天窗，牆壁上畫著為數眾多的壁畫，但所有東西都結滿冰霜。利迪爾每走一步，冰霜就會像岩縫流出的清水一般流下，牆壁也隨之閃閃發光。

他們走上一條長廊，來到位於盡頭的大殿。

打開寬敞的房門，走了進去。

只見一個凍結成冰的男人靠在寶座上。

男人留著一頭紅髮，人高馬大，身穿鎧甲。

身體扭曲，維持著倒地的姿勢，看起來是被人放在這裡的。

平靜地閉著雙眼。五官相當深邃。

插在胸口的箭燒著不祥的紫色火焰。

這人就是愛迪斯大帝。炎帝伊斯漢——

——我用冰停住了時間。在我魔力用盡之前，愛迪斯都會是這個模樣。別無他法。

羅榭雷緹亞白皙的手指輕撫上伊斯漢王的臉頰。

——生命終有時。

一旦羅榭雷緹亞殞命，王就會再次燃燒。那將會延燒得多遠呢。雖然伊斯漢不是大魔法師，但終究是炎帝。到時王城、整個國家都將化為一片焦土。沒有阻止的方法，即便國民僥倖活下來，也會無法抵禦外敵入侵而瞬間遭到征服。

羅榭雷緹亞選擇冰封整個國家，讓自己先用盡魔力而死。至少在這之前，沒有人可以進入國家。即便救不了王，至少可以挽救國民的性命。

——思來想去只有這個方法。我無法在維持冰雪的同時，解除如此強大的詛咒。

冰封愛迪斯必須使用無以計量的魔力，解咒同樣也需要魔力。若詛咒的物品不在體內，只要破壞該物即可破解魔咒，但詛咒箭矢插在王身上。解咒必須將箭從王的身體拔出，這需要相當於大魔法師的魔力。

——我可憐的弟弟，就別管我了。如果我真的消失、王燃燒殆盡、愛迪斯潰敗覆亡，為我供上鮮花就足夠了。

「不行。我想要救哥哥。真的別無他法了嗎？」

——沒辦法了，快回去吧。若伊爾・迦納保護不了你，就回去我們的故鄉。

冰珠模樣的哥哥哀傷地瞇起眼睛。

——利迪爾，你是個樂於助人的孩子。

——從小就把別人看得比自己重要。

「可是我什麼也辦不到。王危在旦夕時如此，現在也是。」

總是無能為力。明明那麼想救古辛和哥哥。

「如果我有魔力的話……！」

——別哭。這是我的命運。

——我已經阻止不了了。外頭只會越來越冷。

——快離開吧。親愛的利迪爾。

冰珠組成的手指溫柔地撫上利迪爾的臉頰。

——至少給你能平安離開這裡的魔力。

說完冰珠湧上，哥哥牽起利迪爾的手。

哥哥看向利迪爾的手，突然露出注意到什麼的神情。

——噢。這是，母親的摩爾。

語氣中盡是懷念之情，然後看了看戒臺上的文字。

——看來你過得很幸福呢。趕快回到你愛的人的身邊吧。

——也給你一些我的愛吧。這是我愛著人的記憶。應該能讓身子比較溫暖。

哥哥在利迪爾的戒指上，滴了一滴幾乎要凍結的水珠。

摩爾將其吸入的瞬間，發出萬丈光芒。溫柔的綠色火光彷彿原本凝結在寶石中似的，突然釋放出來不斷膨脹放大。

「這是怎麼回事……?!」

——我也不知道。

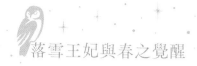

羅榭雷緹亞也一臉訝異地看著戒指。

戒指燙得灼手，下一瞬間又出現一種奇妙的感覺。

戒指驟然從戴著的手指上鬆脫，就要掉到地上。利迪爾急忙用雙手去接。

只見戒指在利迪爾的手掌上融化成光珠。這些不受控的光珠彷彿活著似的，找到利迪爾，衝入他的左胸。那裡放有古辛給他的信。

光珠滲入信中，穿透後發出更強烈的光輝，進入利迪爾的體內。

強烈的衝擊令他倒抽一口氣，那感覺既像射穿入體，又像是滲入浸透。

「——！」

春天襲擊了利迪爾。

一股暖意在體內萌芽。指尖的治癒之力在皮膚中橫衝亂竄。

春天覺醒了。

熱、光、治癒、力量。

不斷從身體中滿溢而出，萬物皆在甦醒。

看到了「門」。

和以前相比，如今的門更加明亮、美麗。

發出毫無重量的輕盈光芒，向利迪爾大大敞開。

連接萬物的源頭，與所有的記憶相連的門。

另一頭是名為萬力之源的世界。

萬花齊放。

花不斷從利迪爾的手和身體湧出，彷彿暴風雨一般，往背後形成羽翼。

他一邊感受五彩繽紛的花朵，凝視著自己的手掌。

「——古辛……」

他想起了初次相遇那天的事。

新婚之夜、第一次的早晨、他的手溫、每一次的親吻、每一個耳語約定。

淚水順著臉頰滑落。這次沒有結冰就落到地板上。

好想見王。

告訴王他已想起一切。但在那之前，得先向王說「我愛你」。

——利迪爾，你想起來了是嗎？

「是。我想起王，也想起哥哥，什麼都想起來了。」

神奇的是，他還知道了哥哥發生的所有事情，包括事發當天的來龍去脈。

這是門內部的記憶，將他和哥哥的記憶，以及世間萬物連結在一起。

「羅榭哥哥。我們一起救伊斯漢王吧。我來維持這些冰雪，哥哥負責救王。」

——你能維持整個王國的冰雪嗎？

「可以。」

利迪爾毫不遲疑地回答。他知道冰的量與溫度，也知道自己可以勝任這個任務。

他已經成為大魔法師了。可以開門獲知真理，將之運用自如。

「儘管是很強的冰雪，就由我來維持。又不是要製造，只是維持難不倒我的。所以哥哥就拔出伊斯漢王的箭吧。」

——真的嗎？……真的可以交給你嗎？

「可以。包在我身上……！」

利迪爾堅定地點了點頭。

雖然緊張，但有信心可以做到。不需要製造冰雪。只要從門內召喚魂繞行，維持現在的溫度即可。

月亮升起，魔力也隨之增強。

他照嘉兒之前教的，從月亮拉出魂線循環於體內，幫助身體保持穩定。

十指交扣，準備接受衝擊。

「——！」

交給他的冰雪沉甸甸的，比想像中的還要大。幾乎要將意識壓碎，整個魂凍結成冰。

光是撐住就已不堪負荷。冰雪冷冽地侵蝕靈魂，將身體壓得嘎吱作響。這才知道哥哥的魔力竟是如此強大，意志是如此堅強，令他全身顫抖

羅榭雷緹亞單憑一己之力撐起了這一切——

在月影照耀下，羅榭雷緹亞的身體浮在半空之中——是滿月。

他沒了冰珠的光彩，呈現出有如絲綢般的實體皮膚。

影子落在地板上，走路也有腳步聲。

羅榭雷緹亞跪坐在冰凍的王腿上，抓住射穿王的箭矢。

「——唔……！」

多麼驚人的運算速度和魔力啊。必須正確判讀錯綜複雜的詛咒，進行鎮壓與分解，在詛咒通過王的身體前予以解除，偶爾用魔力加以控制。

一邊破解詛咒之核，一邊將著火的箭拔出王的胸口。

箭鏃的火焰在離開王的身體前便成功熄滅，被冰霜包覆其中。羅榭雷緹亞慢慢拔出幾乎已凍結成冰的詛咒之箭。

他將拔出的箭高高舉起後放到地上，下一刻便迫不及待地抱住王。

「——伊斯漢……！」

宛如哭音的羅榭雷緹亞喊聲是信號。

「！」

代表利迪爾得放下冰雪。若是失敗，整座建築物就會跟著冰雪一同倒塌。不過如今的利迪爾已經對冰雪瞭若指掌，也知道如何讓其從建築物剝離。沒問題的。羅榭雷緹亞製造的冰純度很高，魔力循環其中更是硬得嚇人。

他小心翼翼地將冰雪**放下**。集中精神，彷彿將羽毛放在地上似的，甚至還要更輕、更為慎重。

「咚！」的一聲，整座王城天搖地動，到處都是冰雪破碎噴起的白色飛沫。

「伊斯漢！伊斯漢！吾王。」

羅榭雷緹亞邊喊邊輕撫王的身體。王緩緩地睜開眼睛，像是從夢中醒來一般。舉起戴著盔甲的手，將羅榭雷緹亞抱入懷中。

「……親愛的……羅榭——我的愛妃。」

「——啊啊……！」

利迪爾安下心來，身體也隨之湧出春色的花朵。

花朵散落於冰上，春天的氣息融化了冰雪，釋放出陣陣花香。

從窗戶湧出的花朵，飄散於月光之下，落在愛迪斯的大街小巷——

詛咒之箭的傷口，似乎只要淨化拔出的地方就會消失。幸虧羅榭雷緹亞即時將他冰封，將毒物封存箭內。否則等箭毒傳遍全身，即便沒有詛咒也會喪命。

「這位是？」

醒來的王怪訝地看著利迪爾。

站在一旁的羅榭雷緹亞向他介紹。

「這是我弟弟，利迪爾・烏尼・索夫・斯瓦堤。是伊爾・迦納的王妃，有大魔法師的能力。」

「歡迎你來……有什麼事嗎？」

王剛從長眠中醒來。

羅榭雷緹亞和利迪爾才剛經歷九死一生，看到王搞不清楚狀況的樣子，兩人忍不住相視而笑。

羅榭雷緹亞踮著腳尖，踏著輕盈的腳步走下寶座，一把抱住了利迪爾。

「利迪爾。謝謝你特地過來——」

「太好了，哥哥。」

王一臉疑惑地看著他們開心地抱在一起。

羅榭雷緹亞的魔法解除了，王城的冰雪消融，眾人逐漸甦醒，紛紛為王的生還高聲歡呼。

利迪爾在城內房間等待羅榭雷緹亞的消息。

他感到胸口越來越燙，熱氣不斷傳到背部，在魔法圓上流動。魂之月增強了力量，自己的魂與那扇門連結在一起。

戒指消失了。

那枚戒指幫他找回即使修復魔法圓也沒有恢復的記憶。

懷裡的信還在。他小心翼翼地拿出來重新收好，然後抬頭望天。

「古辛——」

好想回到王的身邊——這是他的目標。

兩人許久未見，哥哥的外表卻非常年輕。和利迪爾最後一次見到他——十年前約莫二十歲時（那時就被說看起來年紀很小）一樣。

據說是因為體內有魂在循環，才能夠常保年輕。失去肉身後，便再也沒有變老。而伊斯漢大帝看上去也只有三十初頭，比聽聞的年齡年輕了四、五歲。

「伊斯漢受到詛咒，身體流動的時間只有常人的十分之一。」

「……這樣啊。」

雖然受到詛咒很令人同情，但和古辛比起來簡直就是小巫見大巫。如此想著的利迪爾嚇了一跳。

「是啊。年齡增長速度是常人的十分之一——傷口癒合的速度也比常人慢十倍。」

「怎麼會這樣……」

「大帝們基本上都是如此。繼承國家也繼承了詛咒。越是歷史悠久的王家就**累積**得越多。這還是已經解咒過的狀態了。」

——世上沒有無祕密的王家。

古辛說的沒錯。王得同時扛起權力和責任，承受國家的重量和包袱。

「立刻集結兵馬遠征。幫助盟國伊爾・迦納！」

士兵們齊聲回答伊斯漢的命令。

王城和街道已有許多人從冰雪長眠中醒來。街上逐漸燈火通明，在月夜之中發出暖火光。大家看上去都不知道發生了什麼事，有如從冬眠中甦醒的動物一般，抬頭尋求光芒。

不斷傳來載貨馬車的聲音和吆喝聲，那些醒來的士兵正匆忙趕往王城集合。

利迪爾還有一件事得向羅榭雷緹亞問個清楚。

「——身體是？」

「是啊。今晚和明天，二之月滿月的期間，我可以藉由魂的力量幻化為人形，不過後天天亮就會消失。」

利迪爾剛到這裡時，哥哥沒有身體。在對話中突然取回了肉身。

正是將箭拔出王身體的那一瞬間。二之月滿月之時，也就是今晚到明天晚上——和古辛的詛咒發動時間相同——羅榭雷緹亞能以肉身行動。

羅榭雷緹亞告訴利迪爾自己變成這樣的原因。他說這是強大的大魔法師的宿命。必須在守住肉身和滿足欲望之間自行做出抉擇。

「利迪爾，你千萬別像我一樣。一定不可以放棄肉身知道嗎？」

「哥哥，你後悔了嗎？」

被這麼一問，羅榭雷緹亞有些驚訝地睜大冰色的雙眸，看著利迪爾苦笑道。

「就是不後悔才傷腦筋。」

「哥哥。」

羅榭雷緹亞似乎想帶過話題，起身張開雙臂。

「讓我抱抱你吧。啊，利迪爾。那個小小的利迪爾，已經長這麼大了——」

他用冰涼的手捧住利迪爾的臉頰，瞇起噙著淚水的雙眼。

「——你長大了，知道怎麼愛人了。」

利迪爾聞言，覆上羅榭雷緹亞的手笑了。他已經不是那個年幼無知的三王子。他與古辛相遇，認識了愛情。和眼前的兄長一樣。

王城的前庭正如火如荼地進行遠征準備。

愛迪斯才剛打完仗便被冰封，但憑著帝國的堅強實力，很快就整頓好軍隊，預計黎明前即可出發。後備部隊也令人大開眼界，由數批馬牽引的大型拉貨馬車上放滿大砲，還準備了可以走坡道的帶刺車輪。

原來古辛即將要統治的帝國是這種感覺啊——

雖然沒有真實感，但帝國或許就該如此。強大的軍隊是國家的後盾，應該沒有任何國家想跟這樣的軍隊打仗。

破曉將至。夜空的下襬開始泛白，映出雪山的黑色稜線。火炬的紅光越發微弱。

利迪爾站在露臺看著軍隊備戰的模樣，不禁為整體看去更明顯與伊爾・迦納軍的規模截然不同感到震驚。就在這時，夜空中傳來尖銳的「啾！」叫聲。

一個黑影衝向利迪爾的懷中。

「居里！是居里嗎?!怎麼會在這裡！」

居里沒有回森林去嗎？還是看到冰雪融化才追過來的呢？

城門附近傳出一陣騷動。

「利迪爾王妃應該來到此處才對。」一道聲音大喊。

利迪爾循聲從士兵群中擠了出去。

「我是伊爾．迦納王的側近！如果利迪爾王妃來到此處，請讓我見他一面！」

「──卡爾卡！」

只見卡爾卡被一群愛迪斯士兵團團包圍，還牽著一隻精疲力盡的馬。

「利迪爾王妃！」

居里在睜大眼的卡爾卡頭上盤旋。似乎是牠把卡爾卡帶到這裡的。

「卡爾卡，你怎麼來了？王呢？伊爾．迦納還好嗎？」

照理來說，卡爾卡現在是不該離開王身邊的。

他認出利迪爾，僵硬的表情也崩解成淚水。

「陛下不能放著國家不管，所以由我出來尋找王妃。原本該由伊多跑這一趟，但伊多為了保護我而受了傷──」

「伊多受傷了？」

「所幸沒有生命危險，他其實很想出來。伊爾．迦納已經關上城門，連幾天也撐不住。是我對不起伊多。該和伊爾．迦納生死與共的應該是我才對……！」

即便情況如此危急，王還是派了卡爾卡出城。卡爾卡不在，王身邊應該已經亂成一團。

「回去吧，回到王的身邊。我可以治療古辛了，能助古辛一臂之力。敵軍目前進攻到哪裡？薩卡斯的橋被攻破了嗎？維漢怎麼說？」

「利迪爾王妃……您的記憶……？」

「對。這段期間給你添麻煩了，卡爾卡。還有，我哥哥他們願意出手幫忙。」

「愛迪斯軍……？」

卡爾卡震驚不已，愣愣地望向正在準備遠征的軍隊。

這時羅榭雷緹亞走了過來。機靈如卡爾卡，立刻雙膝跪地行大禮。

「你是伊爾・迦納的使者吧？辛苦了。不用擔心，已經沒事了。我個人也有話想對加爾耶特說。等等就可以出發了。」

「可、可是。」

卡爾卡泫然欲泣。

「即便策馬趕路，從這裡到伊爾・迦納也要十晚，行軍得花上二十五天的時間。已經來不及了！」

「沒問題。有我和利迪爾在，來得及的。來，你去吃點東西。有需要就換匹馬。」

說完，羅樹雷緹亞便吩咐一名年輕士兵將卡爾卡帶進屋裡。

「利迪爾，你也去準備。馬上要出發了。」

「等等，還有一名大魔法師需要幫忙。」

「大魔法師？」

「她在街上休息，是我的救命恩人。代替哥哥幫我接回魔法圓的也是她。她想來這裡找你。」

「誰啊？」

「她自稱嘉兒。已經病入膏肓，似乎無家可歸。我打算將她帶回伊爾·迦納。」

「知道了。我派人去接她。」

利迪爾告知倉庫位置，羅樹雷緹亞立刻派人出城。

不久載貨馬車便回到了城裡。

載貨馬車裡有名身上蓋著布的女性——嘉兒閉著眼睛臥躺著。

「就是這位。這些斑紋導致身體非常虛弱……！」

羅樹雷緹亞端詳她後，露出苦笑。

「這……你釣到大魚了呢。她是『海之大魔法師』嘉蕾蘭・德・嘉兒特。只聽說她生病了——病得這麼嚴重，這樣可能治不好了。」

「她說無處可去。就算治不好，我至少也想讓她在伊爾・迦納度過最後的時光！」

「幫你修好魔法圓的是她對嗎？」

「對。若這次我和伊爾・迦納能夠平安度過難關，她功不可沒。」

「這樣啊。如果是她就不用操心了。說不定比拜託我更好喔？」

「是……是嗎？」

「是啊。她比我更心靈手巧。」

回到大廳時，室內比方才安靜許多。倉皇的氣氛已然褪去，只剩下人們悄然走動。

羅榭雷緹亞帶著利迪爾，回到王的寶座旁。沒了冰霜的寶座看上去沉甸甸的，緋色的布配上金銀線的絢爛刺繡。

「已經可以出發了。愛妃，還有我親愛的妻弟。」

「重新在此向大帝請安。愛迪斯大帝陛下。」

利迪爾畢恭畢敬地行禮，伊斯漢大帝微微一笑。

「就羅榭雷緹亞的弟弟而言，好像有點太可愛了。」

「……你說什麼？」

「我的意思只是說他和你是不一樣的美。」

大帝用笑容將羅榭雷緹亞的冷眼搪塞過去，緩緩從寶座上站起。

「出發吧，去幫助未曾謀面的友邦。我的愛妃，羅榭雷緹亞。」

羅榭雷緹亞露出無所畏懼的笑容。

號令在朝陽下迴盪。

「全軍啟——程！」

「啟——程！」

盛裝打扮的戰馬為先鋒，其後為王、羅榭雷緹亞和利迪爾，卡爾卡則緊鄰在旁。

先發為騎兵隊。以只有騎兵組成的部隊快攻，待敵方陣腳大亂時，砲兵隊和步兵正好抵達戰場。

騎兵隊高聲唱起祈求天命庇佑的歌曲，在撼動天地的歌聲中雄赳赳氣昂昂地出發了。

開始行軍不久，卡爾卡便焦急地喊道。

「走錯方向了！軍隊得繞開這座山！」

「沒事的。你先別著急。利迪爾，你辦得到吧？」

「利迪爾殿下?!」

愛迪斯大軍繼續往山的方向前進。

利迪爾看著門裡的景色。

「分開——！」

利迪爾一聲令下，山上密密麻麻的草木便往左右分開。枝幹倒下，土堆隆起，一條通路隨之而開。等來到山前，一條可供軍隊疾走的平坦大路已然完成。

走著走著又遇到河谷。

利迪爾感覺到羅榭雷緹亞打開了門。

「不會滑的狹長冰之橋。」

他吸取森林的溼氣和河水，在河谷上架起一座冰橋。軍隊絲毫不猶豫，疾行通過刻有溝槽的橋面。

分林開路、架橋渡谷、凍河成冰，直線往伊爾·迦納前進。這是統治廣大帝國的必備手段。果然伊爾．迦納需要大魔法師。

王更說道。

「若能先把騎兵隊送到戰場，這場仗應該能打得比較輕鬆。你覺得呢？愛妃。」

「利迪爾也在，簡直是小菜一碟。」

羅榭雷緹亞將河水冰封，讓軍隊沿著冰河右轉。前方有道瀑布。河水從他的腳邊凍結成冰，以奔馬之勢延伸到前方。冰抵達瀑潭處，凍住了飛沫，將瀑布由下往上凍成一道白色的冰面。

「利迪爾！」

「是！」

利迪爾要使出和嘉兒使用過的飛地。但這次規模不同。他和嘉兒只有兩個人，距離只從邊境到王城外的城鎮。這次得帶整個騎兵隊，飛往遙遠的伊爾．迦納的近處。

即便如此，利迪爾仍相信自己做得到。

他將意識集中在發光的瀑布上。

「門」浮現在腦海，看得見門打開了。無窮盡的魔力流向利迪爾。

瀑布的光芒更亮了。王更加接近瀑布時，花香開始飄出。白藍花瓣漫天飛舞，花瓣從瀑布中央噴散而出。

伊斯漢王龍心大悅。

「這真是賞心悅目。那麼，兩位能帶騎兵隊飛到哪裡呢？」

本次飛地將由兩個大魔法師執行，其中一個還是擁有兩個名號的大魔法師，一個雖然沒有名號，卻擁有相當的實力。沒人知道能帶騎兵隊飛得多遠。

「敬請期待。」

羅榭雷緹亞也跟著笑了。利迪爾只負責注入魔力，只有羅榭雷緹亞知道飛地的終點。

由兩名騎兵打先鋒，王和羅榭雷緹亞、利迪爾和卡爾卡相繼穿過花渦。

「——！」

下一瞬間，映入眼簾的是一片沒有冰雪的乾旱大地。

一旁的卡爾卡一臉震驚地看著四周的景色。

山稜的形狀、道路的模樣。還有遼闊的草原。

「前面就是——伊爾．迦納……！」

卡爾卡不可能認錯。這裡是伊爾．迦納的北方邊境。越過那座小山就能看到國境。

不斷有士兵策馬來報。

「已通過四百騎兵隊！」

「剩下的部隊，之後就會趕上！」

在下次天亮前就會抵達伊爾・迦納城。

卡爾卡在馬背上哭了出來。

這樣就來得及了。王有救了。

行軍期間，不時有一個人或數人的騎兵從四面八方靠近。

這些人都是冰封期間無法回愛迪斯的斥候。看到愛迪斯的軍隊，紛紛哭著過來報告。

果然攻打伊爾・迦納的確實就是加爾耶特沒錯。

黎明前，羅榭雷緹亞騎在馬上，難過地瞇起雙眼。

「他們就是向王放箭的軍隊……利迪爾，是我害了你。」

「什麼意思？」

「那個軍隊的目標本來是我。加爾耶特近來接連死了兩名大魔法師，所以才來搶奪活著的大魔法師。」

「這未免也太過分了！怎麼能強奪別國的大魔法師呢……！」

「是啊。大魔法師和帝國的生死息息相關。不管怎麼樣，你不覺得手段太野蠻了嗎？」

「是啊。」利迪爾嘴上稱是，心裡卻不敢置信。羅榭雷緹亞緩緩轉向前方。

「他們沒抓到我，又吃了愛迪斯的虧，嚥不下這口氣才會在臨走前送我們詛咒之箭這份大禮。然後轉往強奪代替我的大魔法師。人在小國，還不擅操控魔力，不諳世事的大魔法師。」

「是說我嗎……？」

「早知如此，當初就不應該只是把他們趕走，全部殺光就好了。如果聽伊斯漢的話就好了——」

「哥哥。」

在橫眉豎目的羅榭雷緹亞一旁，伊斯漢大帝開口道。

「若真是如此，就太對不起伊爾．迦納了。羅榭雷緹亞擔心殺了對方會留下禍根，才放他們逃跑。如今已經沒有饒過的理由。他們對我放暗箭，害我愛妃痛徹心扉，害你不得不豁出性命遠赴愛迪斯。為了長期陷於冰雪之中，吃盡苦頭的國民，我以愛迪斯帝國炎帝伊斯漢之名發誓，必將討伐加爾耶特這群蠻橫的殘暴之徒！」

愛迪斯騎兵隊的馬蹄聲撼動著大地，以驚人的速度往伊爾．迦納前進。隊伍前方喊聲震天。號角齊鳴。

山的稜線逐漸浮現。夜晚即將結束。能看見遠方伊爾．迦納的城牆——伊爾．迦納的早晨就要來臨。

「加爾耶特就交給伊斯漢處理，你快去救你的王吧。」

「哥哥。」

「我們下一個滿月再見。」

伊斯漢王吻上羅榭雷緹亞的手，他的手已開始被朝陽穿透。

羅榭雷緹亞的身體幻化成晶亮的雪片，逐漸飄散消失，最後他用美麗的側臉，看向加爾耶特的殿軍。

「——睜大眼睛看好了，這就是超大國愛迪斯和炎帝伊斯漢的戰鬥。」

黎明時分，伊斯漢下令尖兵放出響箭。

面對背後突如其來的軍隊，加爾耶特軍顯然慌了手腳。

「對這種貨色根本不需要放響箭——伊爾．迦納王妃，我來幫你開路，直直往前衝吧。」

伊斯漢騎在馬上，看著亂成一團的加爾耶特軍說道。

前方的騎兵做出手勢，往兩邊迴避。

伊斯漢高舉起一把刻有火焰圖樣的大圓月彎刀。

「——來吧。羅榭雷緹亞。」

王低語的同時，圓月彎刀立刻充滿魔力。碎冰被火焰的氣息燒盡，發出嘶嘶燃聲。

他在馬上直起身，用力往下一斬。

霎時間，與發出火山爆發般巨響的「砰」一聲同時，巨大的火球飛往前方。

火球的寬度和城橋差不多。直接越過加爾耶特軍隊的正中央，所經之地都燒成一片焦土。沿途席捲空氣、挖地刨土，不斷漲大衝向前方。

氣浪吹得利迪爾瞇起雙眼。離得很遠仍感覺到臉頰火辣辣的。他壓低身體避開飛來的火花，看著前方的烈焰之路。

加爾耶特的士兵們驚叫著逃離火舌，丟下載貨馬車和戰馬四竄。

「去吧。像隻振翅疾飛的鳥兒。」

利迪爾面前開了一條滿是灰燼的去路。

「卡爾卡！」

「在！」

在後方待命的卡爾卡騎馬竄出。

加爾耶特大軍亂成一團。剛睡醒還沒搞清楚發生什麼事，就被從背後襲擊。承受理應被冰封的愛迪斯軍——被他們射擊詛咒之箭的王的火焰。

加爾耶特軍正忙著四處逃竄，不會有人靠近這條灰燼之路。利迪爾策馬狂奔，揚起塵土往城門衝去。

「——快躲開。利迪爾王妃。」

利迪爾聞聲一驚，只見細長的火焰飛過身邊。像導火線一般發出火光，「咚！」的一聲炸碎伊爾・迦納的城門。

「咦……?!」

利迪爾瞬間臉色發白，但畢竟只能從這裡進去。又沒時間敲門等對方開門。加爾耶特在護城河上架了一座便橋，他騎著馬渡橋，從被炸開的城門一角衝進去。

利迪爾的背後，伊斯漢王和他的護衛隊便擋在門前。原來如此，這樣就不用擔心敵軍闖入了——吧，利迪爾心想，然後在熟悉的庭院跳下了馬。

「是我，古辛在哪？」

反射性拿起長槍的士兵們看傻了眼。

「王——王妃殿下?!——卡爾卡閣下?!」

不斷有士兵對衝上樓梯的兩人投以相同的話。

「王！古辛——！」

利迪爾在地上灑滿因著急湧出的黃花跑上階梯，往大殿衝去。

他在寢殿和大殿之間猶豫，但如果是古辛一定會在大殿。

只要身體能行動、能走路，為了貫徹王的身分到最後，一定會在這個房間。

「古辛！」

喊著推開門時，古辛似乎早聽到利迪爾的聲音站起身。他撐著椅子的扶手，全身纏著染血的布，眼周黑了一圈，身上穿著王袍——

「利迪爾——」

「古辛！」

利迪爾立刻飛奔過去，撲進王的懷中。

「讓你久等了！」

「你怎麼……」

「詳情之後再說，我先治療你的傷。愛迪斯軍來援。可以放心了——」

「這到底是怎麼回事？」

「謝謝你寫信給我。我見到哥哥了。哥哥——也來了只是看不到，不過冰已經融化，伊斯漢王來幫我們——」

必須要說的事太多了，在口中全亂作一團，以至於不知所云。利迪爾索性不說了，緊緊抱住古辛。

「天啊。我怎麼能忘了如此深愛著你——！」

利迪爾潸然淚下，簡直不敢置信，自己怎能忘了這些呢。恢復記憶後他不禁懷疑，自己少了這些怎麼還活得下去——

從緊緊抓著古辛衣服的指尖，湧出代表心意的小小紅花。

利迪爾主動吻上王的唇。王似乎被嚇了一跳，將他連人帶花緊緊抱入懷中。

「……你恢復記憶了是嗎？」

「對。我們一起去看飛花，每天都看大象的事也想起來了。」

「利迪爾……」

「還一起吃冰，漫步在滿是紅葉的森林中。」

「利迪爾……啊，我可愛的王妃。」

「我唯一的王。」

還來不及說完，王便吻上他的唇。不知不覺間地上已灑滿花瓣。

王親吻著他的額頭，低語道。

「有關我的記憶跑哪去了？是這裡嗎？還是這裡？」

王一邊親吻眉毛、額角、臉頰、鼻子，一邊說道。利迪爾輕輕搖頭，看著自己的衣領裡。

「不，愛都在這裡。」

利迪爾將手放在胸口上，讓王知道心意所在。失去記憶那段期間，每每想起他這裡都會痛。因思念他而哭泣時，這裡也會熱起來。

「我們之後再繼續吧。」

王露出滿意的微笑，將利迪爾擁入臂彎。

利迪爾將事情的來龍去脈全告訴了古辛。

出城後因為擔心後有追兵，便捨棄一般旅道走了山路。在旅店錯過。愛迪斯大帝受到詛咒，羅榭雷緹亞為了救他和國民而冰封全國。中途遇到名叫嘉兒——嘉蕾蘭的大魔法師，成功穿過冰天雪地。之後解除了大帝的詛咒。

「你的戒指呢？」

古辛一直牽著利迪爾的手，這才發現手上沒有戒指。

利迪爾露出有些得意的表情，將手覆上胸口。

「戒指也在這裡。是母親的庇佑和你的愛，將我引導到了這裡。」

古辛傾聽利迪爾有如天籟的聲音。他的遺辭用句說不定是魔法師特有的比喻，聽起來有如詩歌一般。古辛根本就不在意戒指，只要利迪爾沒事就好。

「這一切有如奇蹟。多虧有愛，我、羅榭哥哥、古辛、伊斯漢王、嘉蕾蘭、愛迪斯的國民、伊爾・迦納才得以獲救。」

沒錯，他們曾經都走到窮途末路。從利迪爾的說詞聽起來，之前愛迪斯也是一籌莫展。多虧利迪爾對古辛的情意，才打破所有僵局。

「王，這邊請。聽卡爾卡說，你把在埃維司特姆接受的治療都白白糟蹋了。」

「那傢伙可真多嘴……」

「你有收到我的治癒之力嗎？」

「有。四天前開始突然收到。否則我可能早就沒命了。」

古辛騎馬騎得太久。以線扎實縫起的傷口裂開，被線扯得亂七八糟。腫脹化膿，高燒不退，他只準備活到加爾耶特來取首級的那一刻。反正利迪爾也不在身邊——

利迪爾讓古辛躺在床上，自己則坐在床邊。他手朝上一擺，手心便出現柔軟的綠色光球。

光球有如氣泡水一般，裡面不斷冒出小光珠，彷彿有座森林凝縮在其中似的，看上去又像是某種聚合溫柔，充滿療癒的生物。

利迪爾將繚繞著治癒之光的手放在古辛的傷口上。

「呼。」古辛放鬆了身體。能感覺到疼痛正在褪去，那些黏附在血管中，不斷折磨著身體的毒素也正在消失。

利迪爾牽著古辛的手，不斷親吻著。比起治癒之力，利迪爾的吻更能緩解他的痛苦。

「你進步了很多呢。」

古辛曾接受過利迪爾的治療。當時也對那彷彿輕撫般的溫柔力量感到驚訝，但這次和以前等級差距甚大，光是力量就完全不同。

「嘉蕾蘭修復了我的魔法圓。」

古辛聞言不禁大失所望。

「……你已經成為大魔法師了嗎？」

「還沒舉行儀式，但實際上已經是了。」

古辛聽到利迪爾恢復記憶和魔力時，就有種不好的預感。既然已經見到愛迪斯皇妃，還將他帶到伊爾．迦納，皇妃又怎麼可能放著利迪爾不管。

還有那突然傳來的治癒之力。和利迪爾失憶時完全是不同級別，雖然相隔千里，感受到的魔力卻比在身邊時更明確。

「為什麼要成為大魔法師？」

王不解，既然已經恢復記憶，為何還要如此。

「我不是說過不需要嗎。你才是最重要的。」

古辛已說過多次。只要利迪爾還是利迪爾就足夠了。在去埃維司特姆前，如果利迪爾希望，他並不反對。如今已得知真相，自然無法袖手旁觀。

「別使用魔力。能恢復原狀就那麼做。」

「王，你知道羅榭雷緹亞皇妃的情況了是嗎？」

對握著利迪爾的手問道的古辛，利迪爾一臉平靜地說。

「對……我見過司特拉迪雅斯王子。他告訴了我羅榭雷緹亞皇妃失去肉身的理由。」

為獻出所有魔力，想獲得更多魔力而捨棄肉身。

「我會有分寸的。」

「答應我，拜託。」

利迪爾笑而不答。古辛不知該如何逼他答應。在焦急不已的古辛耳邊，響起有如冰珠落地的清脆聲響。

——我會盯著他的。

分不清那是人聲還是東西的聲響。回頭一看只見桌子的角落出現一堆小小的冰珠，瞬間又化作水灘。

「……是羅榭雷緹亞哥哥。雖然我們看不見他。」

他是該安下心來，還是該想到利迪爾將來可能變成那樣就感到毛骨悚然呢。古辛尚未走出混亂，不知道該如何是好。

多虧利迪爾的治療，古辛的傷口在日落前已大致復原。

雖然尚未痊癒，但傷勢十分嚴重，光是退燒消腫就足以輕鬆許多。

傷口也癒合得差不多了。對於那些還沒癒合的傷口，利迪爾說「還沒癒合代表現在時機未到。我只能提升身體的治癒能力，王應該聽自己身體的意見」。傷口從剛才開始就不斷流出白濁的體液。大概是裡面還在化膿，強行癒合可能會導致腹部腐爛。古辛用布將傷口纏緊。

如今身體靈活得驚人。之前不退的高燒像是一場夢。身體彷彿忘了疼痛。原本有如泥水般的呼吸，變得像湧泉一樣清澈，體內的關節緊緊接合，積在皮膚下的液體也全數排出。

他整理好儀容，帶著利迪爾下去王城露臺。

夜幕已然降臨。前庭燒著大大的篝火，瀰漫著食物的香氣。開朗的聊天聲此起彼落。

和如喪考妣的昨日相比，士氣高昂許多。伊爾・迦納軍在愛迪斯軍的幫助下，恢復了戰鬥的氣力。這半個月以來，作戰只是為了多活一刻。所有人都抱著必死的覺悟，打著沒有希望的硬仗。如今敵軍被打得落花流水，終於看到勝利的曙光。

在卡爾卡引領下，來到焚燒更大篝火的地方。

那裡站著好幾匹駿馬，緋色帳幕圍住了陣地。鎮守陣地的士兵看到他們靠近，立刻舉起長槍。

裡面有一個身分看起來十分高貴的男人，一邊喝著戰時代替酒水的果汁，一邊聽士兵報告。

身上穿著華麗盔甲的那人，一看到古辛立刻露出親切笑容走過來。炎帝人如其名，有著一頭有如烈焰般的火亮紅髮。其中似乎混著金髮，在篝火的照耀下閃閃發光。

「我已經把他們趕得遠遠的了。現在正借飲水處休息。」

異國大帝說得十分輕巧，彷彿去打獵回來似的。愛迪斯軍以雷霆之勢，將圍住伊爾‧迦納城的加爾耶特軍一掃而空，據說陣腳大亂的加爾耶特軍已暫退到了森林。

實在難以相信，直到昨晚城門被射滿火箭，護城河上還被架了便橋。雖然因為戰爭時程拉長，又占了上風而有所鬆懈，但愛迪斯對上加爾耶特的戰力仍非常驚人。

「愛迪斯大帝伊斯漢。」

古辛雙手交扣放在胸前。這是對同為王族之人表示最高敬意的手勢。

「大恩大德無以回報。」

為了並非同盟國的伊爾‧迦納，他卻率領大軍穿過國境，越過廣大的平原前來相救。雖說是皇妃弟弟的夫家，單方面接受如此大的恩情，實在不知該如何報答。

「你太客氣了，年輕的伊爾‧迦納王。愛迪斯打這場仗是師出有名。加爾耶特毀其降約，對我放出詛咒之箭，令我愛妃傷心難過、國民飽受冰霜之折磨。又居心險惡地傷害我妻弟和其伴侶，是我愛迪斯之仇敵，我當出兵討伐——」

伊斯漢王眼眸中映出篝火，看著城門的方向。

「趁著夜色做個了結吧。你擅長打夜戰嗎？新大帝。」

「比扮家家酒還要簡單。」

「既然你終究要征服兩國，登上大帝之位，就先討伐大國加爾耶特吧。」伊斯漢大帝說道。「這樣你的地位就穩了。」他看著遠方平原上的點點篝火說。

伊多整隻腳綁著木板，在左右攙扶下現身。

「利迪爾殿下，您平安歸來了——！」

一看到利迪爾，伊多立刻淚如雨下，趴在他的腳上不斷道歉：「對不起沒能去接您。」

「沒事的，伊多。你也是，平安無事就好。」

聽說伊多以劍士的身分在戰場上大展身手。更何況就算前來迎接，那時的愛迪斯，若非大魔法師實在難以存活。連卡爾卡也說當他判斷無法通過雪原，正打算放棄時，山邊驟然放晴，打算買雪橇時居里便飛來了。

「放心吧。等我作戰歸來，就幫你治療腳傷。」

「可惜了您的魔力，但實在是感激不盡。」

「好。」

利迪爾覺得奇怪，怎麼這麼聽話時，伊多就說要上馬出戰。伊多不顧利迪爾勸阻，搖搖頭。

「我可以騎馬作戰。只是腳應該會腫起來，之後回城備戰時，再拜託您幫我稍作治療……！」

利迪爾聽得目瞪口呆。言下之意是要跟著他出戰，回城後還要再戰。阻止也沒用，伊多說如果不派馬就用跑的過去，沒辦法只好答應。所幸卡爾卡承諾會陪在伊多身邊。他說是「因為我不在時，伊多替我守護王」。

於是，利迪爾帶著伊多和卡爾卡出戰。一行人待在軍隊的最後方，屏氣凝神地看著伊爾．迦納軍和愛迪斯軍發動夜戰。

實際上根本就沒有人靠近得了王們。利迪爾騎在馬上，看著夜晚的盡頭閃爍著耀眼光芒，瞇起眼睛心想。

愛迪斯軍被飛地分割，到達的只有先發的騎兵隊。雖然有強大的援軍，但還是得由伊爾．迦納軍擔任主力部隊。即便如此，依然足以抗衡。

炎帝伊斯漢。他從地面往空中放出如紅龍蜿蜒的火紅烈焰，彷彿要將夜幕焚燒殆盡一般。在羅榭雷緹亞的守護下，他的戰力堪比五千名騎兵。燒盡原野，熔岩為漿。據說氣浪足以吹飛一整個小山丘，還能操縱火藥。

頃刻間空氣耗盡，在黑煙裊裊上升之處敲下轟天雷錘——降下了末日般的雷電。是古辛的雷電。

雷勢過於強大，地面霎時光芒閃耀，射出一道擎天光柱。天崩雲裂，一道光箭衝向地面。大地一分為二，烈光化作漫天箭雨，瞬間矢如雨下。

從這般雷勢來看，一點也看不出身上帶著傷。

這是古辛的天資，利迪爾心想。

魔法王只要將魔力貫通全身即可使出魔法。將魔法師提供的魔力穿過身體，化成雷電降至地面。能在不耗損一絲魔力的情況下，將所有魔力全化作雷電，要有足夠天資才能做到這般純度。古辛的魔力流通量也很高，他擁有渾厚的魂，能輕易吸取利迪爾的魔力。

特別值得一提的是，古辛可以處理大量的魔力。除了利迪爾主動提供的，還吸取了更多魔力。

炎帝伊斯漢一見到便直言古辛是當大帝的料，因為他看到了古辛的稟賦。身為馭炎魔法王，一眼就看出古辛和大魔法師配對馭雷的才能。

利迪爾也有同感。原來不受束縛的古辛可以如此強大。竟能召喚出如此大量的魔力。

「唔……！」

每當古辛揮下巨雷，利迪爾都感到背後有股彷彿要將魂拔出來似的吸力。背上的魔法圓連著「門」。從門提取魔力，再由身體過濾，用魔法圓增強魔力的循環來不及運作。

王的力量增強了。正因為利迪爾給的不夠，古辛才會吸取他的魔力。

利迪爾知道王很有分寸，已經盡可能不使用魔力戰鬥。他大可以不斷召喚雷電，還是選擇揮劍戰鬥。

然而對方可是加爾耶特帝國。愛迪斯軍目前也只來了區區四百人的遠征部隊。伊爾·迦納若要成為帝國，古辛必得收拾掉加爾耶特。

古辛拚盡了全力，畢竟他已經沒有退路。雖然傷勢已經好得差不多，但這半個月他的身體衰弱了許多。

如果這次沒有大敗加爾耶特打成平手，古辛大概就沒辦法再次出戰了。這將是支撐他的瀕死伊爾．迦納軍最後一次出擊。有愛迪斯軍的幫助，現在一定要一舉斬草除根，否則肯定無餘力再戰。

古辛的身體不知道還能撐多久。利迪爾想要為他提供更多魔力。想盡早結束這場戰鬥，盡量讓他輕鬆一些，就必須提供更多高純度的魔力。只要利迪爾想，隨時可以打開門，從裡面召喚更多魂流。

王說過不要逞強。但若失去王，一切就沒有意義了。

穩住陣腳後的加爾耶特軍十分強勁，據說受到突襲後，便叫回之前交接離開的部隊。

即便有愛迪斯的幫助，加爾耶特又沒有大魔法師，還是一場苦戰。

王的雷電再度將夜幕劈開。

再大一點，利迪爾心想。他知道王做得到。

揮下更大的雷電吧。得趕在王的肚子傷口裂開前，結束這場戰爭。

王召喚利迪爾的魔力，而利迪爾則是有求必應。

想多召喚一點。

多一點。多一點——再多一點！

他給出超過王召喚的量。

門內的魂取之不盡用之不竭，利迪爾忘形地提取魔力。大量的魔力幾乎要將他的身體撐破。體內魔力流暴漲成湍流，激起失控的怒濤。

突然聽見羅榭雷緹亞的聲音。

——不能再多了。

有那麼一瞬間，沒能理解那是什麼意思。直到準備再次提取魂時才意會過來。

這副軀殼真是礙事——

正因為有身體這道門，一次能提取的魔力有限。如果沒有肉身，就可以操縱更為巨大的魂。從門中取出更多魔力，想要給王多少就給多少。肉身能操持的魔力有限。若是——沒有這副軀殼，就能有如飛瀉的瀑布一般，無拘無束地操縱魂。

伊爾・迦納只差那麼一點就可以拿下對手。戰爭一旦拉長死傷就會增加。古辛剛復原的身體也會招架不住。

只要現在壓制住加爾耶特，就可以取得勝利。古辛就可以活下去——

——不行。利迪爾。

「對不起，哥哥。再一點就好。」

再一點。再一點就好。只要打破這個局面，古辛就可以回來了。

——快停下來。

羅榭雷緹亞阻擋利迪爾體內魔力的流動。利迪爾卻不斷從漏洞召喚更多魔力。

一旦錯過這次就會走投無路。只有這麼做古辛才能回到這裡。

不想再和古辛分開了。一刻都不願再失去他。

——利迪爾，快住手！

「就差臨門一腳了。我可以的……！」

——別再使用魔力了。

——答應我，拜託。

鼓膜內響起古辛的叮嚀，利迪爾閉上眼睛抗拒。就差一點。再一點就好。只要再提取一點魂，古辛就可以回到這裡，與他一起活下去。他就可以繼續愛著古辛。不願再放開兩人的回憶——

利迪爾再度敞開門，從中提取光芒。他張大手掌，彷彿要抓住春日陽光一般，貪婪地搜刮那些柔軟而溼潤的魂。

就在這時——桃色花瓣從利迪爾眼前飄然落下。

正當疑惑這些花瓣是哪來的時候，白色花瓣滑過他的髮梢。

空氣中瀰漫著一股濃郁的甜香。

花瓣開始從袖口溢出。

利迪爾大吃一驚，連忙看向自己的手掌。

只見小指逐漸幻化成花。手心也開了一個洞，不斷湧出花瓣。食指、手掌、髮梢、嘴唇、手腕。全都化成花瓣隨風飄蕩。

他不禁倒抽了一口氣。

想起哥哥化成冰珠消散的景象。

身體正一點一滴消失。

化作漫天花瓣，碎成魂的碎片，被風吹向遠方。

——我也要變成那樣了嗎。

現在在胸中來來去去的，是欣喜嗎。還是落寞呢。

要和羅榭雷緹亞一樣，自己與魂合流，化作巨大的生命了嗎。

無論再怎麼不願意，現在木已成舟。魔力不斷從體內溢出，控制不了。

好害怕。想要回去。想要保護古辛。

現在哪個都不能選擇，任憑龐大的魂流將自己帶走。

身體正在崩解。有如捲入旋風中的花朵，被捲得支離破碎後飛散四方。

啊——他望向四周。

竟看見彷彿只有眼睛在空中一般的景色。

全部都看見了。明明是晚上卻十分明亮，和居里一樣，從空中看到地上的景色、敵我雙方的所有狀況、伊爾．迦納城，甚至還遠望到愛迪斯的殘雪。

他看到和古辛對打的敵將。碰撞的刀劍迸濺出火花，甚至聽到戰馬的喘息。

落花有如飛雪一般漫天飛舞。利迪爾只覺得身體輕盈又溫暖。

這就是自由。利迪爾不禁驚嘆，原來沒有軀殼是如此自由的事，無拘無束。

他聽見羅榭雷緹亞的呼喊聲。

如今已能從門中自由提取力量，魂完全任憑自己擺布操縱。他能看見一切。甚至可以直接在古辛高舉的劍鋒，蓄積有如細絲的強大閃電。

然而，即便五感如此真實鮮明，利迪爾卻不知道自己身於何處。

意識像是飛散一般，自己並不完全是自己，而是某種集合體一部分的錯覺。是細碎思考、細碎記憶、細碎細胞的集合體，又或是無數絲絹擰成的巨大粗繩其中一股。

那是一種虛幻的聚合感，就像被風吹散就會消失無蹤的花瓣。

被魂流納入其中令他如魚得水。感覺可以變得更多、更大、更強。

——不知不覺間，聲音變得好遠。

頭腦的一角做出這樣也好的判斷。人本來就是生於斯，歸於斯。

他放開自己這個身分，任憑身體進入魂流之中。成為流的一部分蜿蜒流動，只要凝視古辛的劍鋒，自己以外的魂就會如他所望，形成巨大波浪一舉湧向那裡。

之前首次打開門時看到的河流就是這個。現在看起來則像從空中傾瀉而下的星川。

如果在這裡與之合流，就再也見不到古辛了。但別無他法。再怎麼樣都比古辛死去好。

他無法壓抑心中的孤寂。

——我想要待在他身邊。

想要回去。想要當他自己。儘管這麼想，已經沒有手可以抓住任何東西了。也沒有身體這個魂的歸處——回不去了。

古辛救我。抓住我的手。

看不見伸長的手。袖子已是空空如也。韁繩飛到半空中。原本踩在腳鐙上的鞋子也掉落在地。

要消失了。要飄散了——就像哥哥一樣。

正當衣服要崩落在馬背上時，利迪爾赫然發現夾在衣服中的那封信。

他將意識集中在那封讀了無數次而又皺又破的信上。

不願離開。這是我的心。

古辛。

感覺自己抓住那封信。紙上——留有古辛體溫的痕跡。

飄散的花瓣全飛回在此聚集。

聚集成形，將利迪爾抓住信的手恢復如初。

白皙的手腕、呼吸起伏的胸膛、夾著馬背的雙腿、手臂、下巴、臉、頭髮。

「——咦?!」

突然能感受到馬的震動，令利迪爾驚訝不已。

有身體了——？

差點從搖晃的馬背上摔下來，急忙抓住韁繩。馬兒驚嚇得一跳。他夾緊大腿，好不容易才穩住差點跌落的身體。

「……」

利迪爾睜開眼，聽到自己「哈——哈——」的喘氣聲。將空氣吸滿整個肺部，然後吐氣。帶著煙味的風撫過肌膚，充斥著塵埃的氣味。

他回來了。回到身體消散之前的自己了。不，正確來說是他身體的碎片被抓了回來。是這封信——這封信將他原本被吸入魂流的身體聚集回來。

——利迪爾。你……

羅榭雷緹亞的聲音滿是訝異。

利迪爾自己也不明白。他做到羅榭雷緹亞沒能做到的，用魔力將飛散的身體拉了回來。

——我想您擁有的大魔法師之力凌駕於大公主之上。

利迪爾想起之前魔法機構的診斷。在身體即將全數崩解成魂的緊急時刻，還留有足以恢復肉身的餘力。

利迪爾知道古辛很擔心這邊的情況。

代替回答，他再一次傳送魔力給古辛。

利迪爾朝著軍隊的最前線。深吸一口氣，卯足全力大喊。

「古辛，我沒事！」

是從顫動著的喉嚨擠出的聲音。

用力縮起平坦的小腹，弓起身子用盡力氣喊著他的名字。

肉身還在。還有手臂可以緊抱古辛。

古辛一定能知道。

利迪爾緊握著韁繩，幾乎要將喉嚨喊破。吸飽氣，將力氣集中在背後，聲嘶力竭地吼。

「古辛——！」

想必古辛一定能夠聽到他充滿眷戀的呼喊。

過不久加爾耶特軍開始撤退。王們派出掃蕩部隊追擊後，便雙雙回到了後方。

古辛平安無事。除了臉頰和手臂上的擦傷並無大礙。

「利迪爾——！」

看見王的身影，利迪爾從馬上下來。與同樣下馬的古辛同時奔向彼此。古辛將利迪爾擁入懷中。安心的金黃色花瓣頓時漫天飛舞。

「別擔心。我沒事。古辛，你才是——！」

古辛反覆看了好幾次他的臉，再度緊抱他。利迪爾急忙拿出懷中的信。

多虧這封信才能平安歸來。古辛的信守護了他。

「這封信將我拉了回來。王給我的這封信——」

利迪爾拚了命想要告訴古辛這封信有多麼強大，他有多麼高興，然而古辛卻看都不看一眼，再度將他抱入懷裡，利迪爾也就放棄了。

依偎在古辛懷中，用臉頰磨蹭他的胸膛。

「古辛……」

白花不斷從指尖落下。

古辛就在這裡。他的身體就在這裡和古辛擁抱。

在士兵的目光下準備回城時，利迪爾瞄到一道光。

遠方的森林邊境閃爍著金色光輝。

天要亮了。

森林後方的山坡上，能看見正在撤退的加爾耶特軍。

周邊的小國看到打敗加爾耶特的情況，迅速紛紛派使者來與伊爾·迦納結盟。這是國家求生存的常見手段。與其被鄰近的大國侵略，倒不如被吸收，成為富裕大國的一分子。

就這樣，伊爾·迦納成了名符其實的新帝國。

擁有大魔法師的伊爾·迦納。新大帝古辛即將誕生。

戰爭結束後第三天，愛迪斯軍準備離開之際，伊斯漢王說道。

「我來直接認可吧。」

伊爾·迦納已從第二個王國獲得勝利，即將成為帝國，必須向整個大陸宣布這個消息。宣布必須獲得五個小國、一個帝國、一個魔法國的認可，意思是愛迪斯帝國願意成為後盾。

昨晚設宴商議，兩國將正式簽約結為友邦。愛迪斯和伊爾·迦納距離遙遠，沒有利益上衝突，沒有任何問題談得十分順利。而伊爾·迦納的魔法國後盾，理所當然由埃維司特姆擔任。

「由你擔任王，國運必是昌盛興榮。好好幹。」

伊斯漢和古辛握手並勉勵他。

離別之際，伊斯漢在馬前對利迪爾說。

「王妃也有空就來愛迪斯玩吧。滿月時來可以見到羅榭雷緹亞。但如果挑不是滿月的時候，我會準備甜食和白糖招待。還有肉乾和水果喔。要什麼時候來啊？」

「呃……」

利迪爾當然想見哥哥，但伊斯漢這是在拐著彎叫他不要來當電燈泡。還打算用各種好東西誘惑他就範——

「我再和古辛商量。」

正當猶豫是否要暫時避開滿月時——伊斯漢的臂甲突然結滿凍霜，彷彿吹了冰息似的。是羅榭雷緹亞。

「別吃醋別吃醋。我只是想和你可愛的弟弟聊聊而已。誰叫羅榭雷緹亞都不肯告訴我故鄉的事呢。古辛王，你應該懂我的感覺吧。」

「當然。」

古辛點頭回應。一看就知道，古辛盤算著下次一定要向羅榭雷緹亞問問利迪爾小時候的事——

見所有人各懷心思，利迪爾有些傷腦筋，他抬頭看向伊斯漢。

「羅榭雷緹亞哥哥就拜託您了。」

「好。我會再三叮嚀他下次一定要回你的信。」

留下此番承諾後，伊斯漢王離開了伊爾・迦納城。

愛迪斯大軍也隨之浩浩蕩蕩地離開伊爾・迦納。

之後——正是之後馬上。

愛迪斯離開了。伊爾・迦納也不用再假裝一切都落幕了。

伊爾・迦納城再次成為戰場。這次是名為善後的戰場。

「好不容易才處理完弗拉多卡夫，現在又得善後！」

卡爾卡一臉陰沉地感嘆道。拖著腳走到桌邊的伊多也是一臉鐵青，露出如臨大敵的表情。

弗拉多卡夫戰役結束後，城裡也是暴風雨過境的狀態，但這次不僅規模不同，受到的打擊程度也完全不同。

國內的農村、王城外的城鎮都遭到摧毀。

所幸王城附近的國民受過充足的備戰訓練。兩國開打後，他們便躲進伊爾·迦納的森林之中。森林裡有平時無人居住的磚屋村落，稍作整理即可入住。這是武強國特有的設備。戰爭時在那裡，戰爭結束後再出來復興家園。

當然士兵也會幫忙修復壞掉的房屋。還有將王城倉庫中的穀種分給國民。架橋修路、修復水路、提供修理遭到破壞風車的人手。

這次光是花在修復國內的錢財、手續、人手、材料，就比弗拉多卡夫戰役高出許多。必須盡快大規模地確實重建國家身心。

維漢好不容易養好身體，搬了椅子坐在院子發號施令。光是調查工作的量就十分龐大。又要提防其他國家趁亂來犯，得隨時派出士兵日以繼夜地在國內巡視。

梅沙姆大臣也紅著臉到處奔波。女官們個個一頭亂髮。甚至有文官在建築物的陰影處累得打盹。

要說有什麼好消息的話，就是埃維司特姆向伊爾·迦納派出魔法機構和醫師團隊，接下所有的治療工作。不僅如此，他們還帶來食糧和侍者，在城中和街上各處幫忙煮食賑濟災民。

接著現在還有重要的問題尚待解決。

「好！加冕典禮一定要第一個叫上本王爺！聽到了嗎?!我要坐第二個。其實很想坐第一個啦，但人家愛迪斯大帝特地遠道而來參加，不讓他顯得小心眼。那也叫大帝，不就是個乳臭未乾的小子嗎！那帝位是坐享其成，還一副得意的模樣賣個恩情就拍拍屁股走人。跟商賈小販有什麼兩樣，一天到晚到其他國家賣人情。總有一天遭人暗算。對了，禮物就送金杯吧。駿馬也可以，只要兩歲的淺色馬喔。知道嗎，一定要裝上馬鞍喔！記得喔！」

「好的，叔父大人。不，是我最自豪的叔父，英雄戴爾肯。」

「對對對，叫得好。只給你一次機會喔？年輕人可別太神氣。就算當上大帝也只是徒有其名。就是隻借助愛迪斯國威的狒狒。唉，真是可悲。」

到這種地步，已經不會憤怒反而不禁佩服起他的功力。其他人也一樣，彷彿在聽專門罵人的吟遊詩人唱歌似的，表情都是既無力又無奈。

戴爾肯瞪了利迪爾一眼，往前跨一大步靠近。

「聽好了。你也是！別因為當上大魔法師就太得意！要恪守王妃的分寸，飯最多只能吃三碗。知道嗎？」

利迪爾戴著頭紗，在古辛身後對戴爾肯默默行了個禮。就算利迪爾再怎麼身強體壯、肚子再怎麼餓，也不可能一口氣吃掉伊爾．迦納大碗公的三碗飯。

「怎麼這麼少人來送我！對我的感謝不夠！唉我一個老人家做牛做馬，只換到這麼一點點尊重。道謝也只嘴上說說。唉呀太遲了，所以才說年輕的王上不了檯面！」

見戴爾肯抱怨個不停，隨從一臉傷腦筋地催促他上車，幾乎是用推的才把他請上馬車，往宅邸出發。所有人一邊揮手一邊苦笑。

王說若這次沒有戴爾肯幫忙，大概撐不到愛迪斯派出援軍。雖然奇怪的作戰方式令人聽了直搖頭，但確實幫伊爾．迦納爭取不少時間。

先撇開方式不談，戴爾肯這次有如雄獅般的勇猛表現，令他獲得了英雄的稱號，以及更豪華的宅邸——沒想到竟就這樣乖乖回去了。利迪爾本以為，戴爾肯一定會要求重新入住王城、讓他在寶座旁設座聽政、封他為攝政王，又或是將其功績刻在石碑上之類的。但一聽到說要頒發大勳章和榮譽旗，把小高丘上一座迎賓用離宮送給他後便欣然接受，只是嘴上還是不停抱怨就是了。

馬車上橋後，戴爾肯突然從車窗探出頭來，對著他們大喊著什麼。仔細一聽，似乎是在喊「位子我還是坐第一個好了」。但還好沒有要跳車的意思。

卡爾卡看著漸行漸遠的馬車，面無表情地說。

「真是意外。沒想到就這樣乖乖回去了，那個人應該不是生病了吧？」

一旁的薩奇哈聞言，摸著白鬚回道。

「之前打仗時，他哭著說已經受夠這種事情了。」

今天下午一切終於恢復如初。

不是真的回到以前的日子，而是回到明天、後天也可以過相同日子的安堵。失去的生命不會再回來，還沒修好的東西也很多。但利迪爾今晚可以睡個好覺，相信明天一定會比今天更好。然後不遺餘力地度過明天。

利迪爾從浴殿回房時，古辛正在窗邊倒酒。

窗外的月亮美得像幅畫。

他在燈火的照耀下徑直走到古辛身邊坐下，依偎在他身邊。古辛輕撫利迪爾的溼髮。

兩人像野生動物般磨蹭臉頰後，吻上彼此的唇。

古辛解開利迪爾的領口，利迪爾也將手伸進古辛的衣服。他看向古辛纏著布的下腹。

古辛的傷口幾乎已經痊癒。

戰爭結束後利迪爾盡可能待在他身邊，注入治癒之力。傷口不再流出膿水，一下子就癒合了。

「太好了……只是留下疤痕了。」

肩膀後方的傷應該會慢慢消失。但下腹留下一個手掌大的白色凹痕，看起來活像貼了一片長刺的葉子。古辛的身體似乎並不在意這塊傷痕，無論再怎麼注入魔力，顏色都沒有變淡。

「無妨。只是小事。」

太久以前的傷痕也無法治癒。利迪爾只能將治癒之力注入身體，身體若判斷無害，模樣似乎就不會有變化。

利迪爾摸著古辛的下腹，暗自祈禱傷痕可以復原得更好。古辛用大手捧住利迪爾的臉頰，一雙烏黑的眸子泛著些許淚光。

「你居然真的平安回到了我身邊。」

「你才是，居然跑到這麼遠的地方來迎接我。」

古辛遊走在私情與責任的邊緣，賭上性命出城尋找利迪爾。天知道他當時多麼掛心國家安危。一想到卡爾卡可能花了多少心思阻止他就心痛不已。

古辛靜靜地將利迪爾擁入懷中。

「你好堅強。」

「是你令我堅強……謝謝你寫那封信給我。我會珍藏一輩子的。」

「別再提那張字條了。如果要珍藏，就拿一張上好皮革，用良墨重新寫一封，用心簽上名字。然後也蓋上王印吧。要加上刺繡嗎？」

「不要。那張比較好。」

利迪爾只要那張沒有名字，完全只為他著想的短箋。如果沒有那封信，他或許就走不到那麼遠。或許就沒有力氣撐過那場大風雪、冰封的愛迪斯城、身體隨風飄逝時那剎那間的絕望。

「這是我的國寶。」

無論別人怎麼說，這都是利迪爾的寶物。他將這封信封存在內心那最溫暖的地方。

王露出玄妙的表情。

「那我呢？」

「我的國度——」

利迪爾感到臉頰一熱，環抱住王的身體。

「——你要進來嗎？」

那個只有利迪爾才能進去的內心深處。那個對他渴望至極，又熱又軟的身軀之中。

怎麼會連這個都忘了呢，利迪爾抓著床單心想。

這種油滴在利迪爾雙腿縫隙間緊緻洞口的感觸。溫暖而緩慢地滲入其中，半晌一股難以忍受的搔癢便在皮膚那軟嫩的地方傳開。

「嗯。嗯，嗯……！」

他扭著身體，以緊緊抱著抱枕的姿勢，接受古辛的手指從背後進入。

油不斷流下將床單沾得溼漉漉的，三根手指都已經抵到深處了，古辛卻還不肯進入他的體內。

「討、討厭……已經，不……！」

前面沒有被玩弄，性器卻不斷流出黏液，每當古辛吸吮利迪爾的乳頭，性器就會吐出一點點混濁的潮水。

「不要……不要、咬……」

床上滿是落花。只要一有感覺，指尖就會控制不住生花。紅花、白花、手一握緊就會湧出軟綿綿的桃色花朵、快感在體內沸騰就會生出香氣濃郁的花、達到頂點就會湧出閃耀著嬌滴滴光芒的橙紅色花瓣。

「啊，呼……嗯，啊……！」

「進去之前要先看個清楚。我是很擅長外交的。」

「古……辛。」

「你是說這裡對我記得很清楚嗎？」

面對古辛甜蜜的揶揄，利迪爾才想抱怨。如果對他這樣，說不定早就恢復記憶了——但他知道古辛那時身負重傷，不可能做這些。

「進……進來。」

利迪爾用哭腔說完，抱住抱枕。

利迪爾仰躺著，任憑古辛分開他的腳。他用力抱著抱枕，心臟撲通撲通地跳著等待那一瞬間。

王拿掉利迪爾手中的抱枕。兩滴汗水隨之滴上利迪爾的胸膛。

「利迪爾。」

他以手指撐開利迪爾溼潤軟嫩的緊穴。將有如石頭般硬挺的魚叉尖端抵在洞口。在上面用黏液塗了一陣後，便將尖端挺進去。利迪爾被大大地撐開後忍不住泛淚，緊接著古辛像是沉入他的身體一般直直挺入深處。

感覺內臟被打開成王的形狀。全身的毛孔隨之打開，傳來舒爽的顫慄，滲出有如蜜汁般的魅惑汗水。

「古辛……我的、王。」

利迪爾張開手臂與古辛相擁。這分眷戀令他泫然欲泣，他貪婪地品嘗古辛的一切，聽著他激烈的喘息，感受他肌膚的溫度。如今仍然不知道，忘記這分安穩的自己怎麼有辦法呼吸呢。

利迪爾將鼻尖埋進古辛豐盈的頭髮中，嗅了嗅味道。是最喜歡的香味。那是經過一整天後變得柔和的香水味，和覆著陽光的古辛皮膚香氣。身上的甜香不斷刺激著利迪爾的感官，比任何精油都令他陶醉。

「利迪爾……？」

「——最喜歡你了。」

利迪爾忍著眼淚，咬著牙呢喃。古辛瞬間露出痛苦的表情，緊緊抱住他。

他握住古辛的手，撥開古辛沾滿汗水的髮絲。當在上面一吻，利迪爾體內的東西變得更硬了，古辛用力抱住到他幾乎無法喘氣。舔上他的乳頭，大口咬住整個乳暈，令利迪爾嬌吟連連。緊接著是幾乎要將靈魂吸出來的激吻，嬌喘填補了所有空白。

利迪爾瘦弱的胸膛沾滿汗水和自己的精液，以及古辛的唾液。

古辛打開他的雙腿，抬起他的腰，以幾乎要將身體折半的姿勢挺進深處，前後抽插了起來。

「呼。呀……唔。啊！」

利迪爾已經不曉得哪裡是快感的頂點，哪裡又是終點了。他通道大開，最深處被不斷攪弄著。在羞恥的黏液聲的刺激下，再度吐出蜜汁。

「啊。啊啊。不……啊。」

快感的波濤越發洶湧，利迪爾忍不住伸出雙手。

「王……花。」

手上滿滿的都是花。

這些都是無以言喻的思念與眷戀。是對古辛的愛意。

花瓣從手掌湧出，從指尖飄落。

他將這些用戀情、愛意、快感孕育而成的鮮豔紅花獻給王。

王像隻年輕力壯的野獸，笑著將臉埋進花瓣之中，緊緊抱住利迪爾的身體。花瓣從身體飛到床上，他們十指緊扣，磨蹭著彼此的臉頰。

古辛親吻利迪爾的脖子，利迪爾享受著這分酥麻，本想要回以開心的笑容，卻馬上沉浸在快感之中。

† † †

窗外浮現出伊爾・迦納美麗的建築，兩個月亮正發出皎潔的光芒。

火熱的長夜，瀰漫著幾乎要令人融化的花香。

某個春日。

鐘聲響徹全國，鳥兒受驚齊飛。

聽說城外熱鬧非凡。王城外的城鎮到處都是攤販，有賣藝人和劇團表演，似乎還有不少異國小吃。從王城窗外就能看到藍天下掛著五顏六色的布飾。

小鳥啁啾，草木卉翕令人神清氣爽。

大殿內陽光普照。

鄰國的賓客們並排而坐。利迪爾深戴著頭紗，踩著鋪在中央的緋色地毯前進。精緻的刺繡邊緣縫有閃耀的光珠。身上的淡綠色禮服是埃維司特姆致贈的禮物。頭飾和首飾叮噹作響，袖子垂著長長的流蘇。

他做了王妃的打扮，侍女們在後方拿著拖地的長紗。

自戰禍結束後已過了兩個月。街道總算恢復如初，王城也解除了武裝。

得快點播種入灰。讓農作物重新生長，盡早發芽長出藤蔓。

這是一場屬於利迪爾的典禮。

正式獲頒大魔法師的稱號，成為伊爾・迦納的大魔法師的契約儀式。

聽聞「落花王妃」將成為大魔法師，世人皆給予相當高的評價。

之前舉行的古辛稱帝加冕典禮盛大而隆重，絲毫不輸給那些歷史悠久的古老帝國；和愛迪斯結盟的簽約儀式上，愛迪斯的騎兵隊在王城外排列奏樂，造就前所未有的盛況。照理來說，利迪爾的契約儀式只是這兩場活動的點綴，周邊各國的人卻爭先恐後地自願參加。

據說參加大魔法師的契約儀式，給予祝福的人將一生受幸運所惠。而其中利迪爾獲得「花之大魔法師」這個稱號的契約儀式，實在耀眼，更是令人神往不已。想親眼見到大名鼎鼎大魔法師模樣的信件如雪片般飛來，其中不乏遠在千里之外的國家。直到今早都還有信陸續送到。

據說為了儀式，伊爾．迦納城內容納人數已到達極限。將地毯延伸到庭院，連門外的橋上都鋪上地毯。城裡賀禮堆積如山，伊多還笑說這簡直像是蓋了一座黃金的房間。

利迪爾在大臣帶領下，穿著黃金穆勒鞋走上臺，轉過身。

眾多賓客坐在椅子上，用晶亮的眼神看著利迪爾。愛迪斯大帝和戴爾肯坐在最前排。他也一臉滿意的模樣，身上戴著滿滿的珠寶飾品。父王也坐在臺下。

居里站在高窗一角，嘴上叼著花。似乎也打算來觀禮。而將視線移向更高的窗外，有隻白鷹橫越藍天。那是羅榭雷緹亞。伊斯漢王說那是他滿月以外時的模樣。

淨化空間的鐘聲響起。金幣灑落滿地。

這場莊嚴的儀式即將迎來高潮。

古辛將手放在儀式用的石板上，高聲宣布。

「欽定利迪爾·烏尼·索夫·斯瓦提，伊爾·迦納王妃，為我國之大魔法師。」

與說話同時，金珠和花瓣隨之撒下。

古辛將大魔法師的冠冕、垂飾、鑲有寶石的權杖、厚料刺繡綬帶、戒指頒發給利迪爾。

據說得到大魔法師的國家，必須盡可能地使用黃金，以此顯示該國大魔法師的強大，向他國彰顯國威。

利迪爾正式以大魔法師的身分成為伊爾·迦納的守護者。當初背負著欺君之罪，假冒公主特地來赴死，現在伊爾·迦納卻以最高的敬意喜迎他這個「花之大魔法師」。

王牽起利迪爾的手。將純金戒指戴上利迪爾的手指。

之前王說就當寶石「還在上面吧」。又說「令堂的那顆珍貴寶石，將永存於你的心中。沒有任何珠寶可以代替那顆寶石鑲在上面」。那是世上獨一無二的寶石。古辛說這是對利迪爾魂內的那顆摩爾致敬。他在新戒指的戒臺上刻了和以前完全同樣的誓言。

「我願意無數次為你獻上這道誓言。」

說完為利迪爾戴上戒指時，利迪爾流下高興的眼淚。

殿內祝福之聲此起彼落。無盡喜悅讓利迪爾從天空降下花朵，惹得賓客歡呼雷動。

花瓣不斷從黃金天花板飄落。

利迪爾與此生最愛的人，一起迎來了這場華麗無比的春天。

晚宴也是熱鬧非凡。

音樂聲、人聲、熱氣騰騰的碗盤聲交織在一起。以紅色為基調的廳內，賓客個個穿著繡有金銀刺繡的禮服，戴著華麗不凡的首飾。

「——利迪爾。」

席間，突然有人拉住利迪爾的手臂。利迪爾戴著頭紗，不太會有人靠近。他驚訝地回過頭，不禁倒抽一口氣。是一個戴著頭紗的陌生婦人——不。

「羅榭哥哥！」

「噓。很少人知道我的真面目。」

比利迪爾行事更加神祕的羅榭雷緹亞，特地來參加了晚宴。

羅榭雷緹亞在外袍底下露出頑皮的笑容。

「滿月出來，所以就來找你了。伊斯漢也說我偶爾可以出來露個面。」

「歡——迎。太歡迎了，哥哥！我好高興。」

利迪爾知道羅榭雷緹亞白天化成白鷹前來，但沒想到竟能這樣近距離說到話。

「我等等去找父王。聽說他終於恢復健康了？」

「是啊。伊爾．迦納和愛迪斯雙雙落難，聽說那段時間一直臥床不起。」

久違地見到父王，不僅多了許多白髮，身體也骨瘦如柴。奧萊大臣含著淚告訴他，父王在埃維司特姆時簡直就是行屍走肉，直到今日看到這座城和利迪爾平安無事，才露出睽違半年的笑容。

父王送了奢華的賀禮，司特拉迪雅斯也送了一個他精心注入魔力的墜飾。

「司特拉哥哥寫信來賀。說很想見羅榭哥哥。」

「是啊。我也好久沒見到司特拉了。他過得好嗎？」

「很好。還是一天到晚在做城堡的模型。」

「是嗎？還和以前一樣喜歡城堡啊？」

「是啊。」

司特拉做的模型規模，大概遠遠超過羅榭雷緹亞的想像。

利迪爾向羅榭雷緹亞提議，之後找時間一起去找司特拉迪雅斯。

隔天近中午，利迪爾在女官的陪同下在城裡走動。

宴會還在繼續，街上的祭典活動才要正式揭開序幕。

利迪爾的工作已經結束了。當然，他還有很多皇妃和攝政的工作要做，但他一定要出席的儀式已經告一段落。本來伊爾・迦納就不是那種王妃積極參與酒宴的國家。

他將宴會交給古辛主持，準備去一個必須得去的地方。

利迪爾轉進角落，來到城中最安靜明亮之處。

大殿人聲鼎沸，來到這裡只聽得到些許人聲。窗外能微微聽到街上的熱鬧聲響，令人心曠神怡。

利迪爾命令女官開門。

風從門口流瀉進來，吹起柔軟的白色窗簾。

利迪爾走進房內，那裡放了一張垂著紗簾的床。紗簾是打開的，床邊有一扇窗。

「身體比較好了嗎？大魔法師．嘉蕾蘭。」

在床上休息的是嘉蕾蘭。她似乎舒服了一些，正靠著抱枕坐起上半身，聽著外面的鬧聲。

她大方露出臉上和身體上的斑紋，平靜地回答道。

「有。這裡很適合養病。早上醫生來看過了。埃維司特姆的藥效果很好，咳嗽沒那麼嚴重，疼痛也緩解很多。想到在這裡迎來人生的終點，就倍感安心。」

羅榭雷緹亞說，她的病大概是治不好了。埃維司特姆的魔法機構也說，只能幫她止咳、退燒和止痛，但無法阻止病情惡化。

從愛迪斯帶回來的嘉蕾蘭非常虛弱，剛抵達時幾乎無法開口說話。利迪爾鼓勵她，她反而用喪氣話安慰利迪爾。說此生已無遺憾，還說「很慶幸最後有幫到你」，彷彿已放棄所有希望。

來到伊爾．迦納後，嘉蕾蘭洗去旅途的疲憊，幫身體保暖，一直待在房裡養病。埃維司特姆的醫生每天都會來替她診治。

「我就是聽說妳好些了，所以才過來的。我一直在等妳身體恢復到足以承受治療。」

剛來到這裡時，她的魂虛弱到無法接受治癒之力。若強行清除毒素，她的魂恐怕會承受不住，所以利迪爾才先幫她止痛，讓她好好休息恢復體力。嘉蕾蘭是否能撐到體力恢復，還是得憑運氣，所以至今才沒有如實以告。

利迪爾拉了張椅子到床邊坐下來。

牽起她放在床上，無力又長滿黑紫色斑紋的纖手。

「大魔法師有各自擅長的領域。我做得到哥哥辦不到的事。」

哥哥是冰之魔法師。就算想救她，能做的只是冷卻斑紋，不讓病情惡化得太嚴重。但利迪爾擁有的是治癒之力。他可以清除斑紋的毒素，讓皮膚重生。

利迪爾微瞇起眼睛。

看見了開著的「門」。那處的魔力不斷流向利迪爾。室內頓時充滿花香。就像那天他們一起看的雪一樣，天花板飄下一片又一片的小花瓣。

嘉蕾蘭抬頭看著眼前的景象，露出少女般的天真表情時，與利迪爾牽著的手竟湧出大量花朵。

白色、粉色、黃色。淨是顏色溫和的花朵，在室內形成漩渦，像在撫觸嘉蕾蘭全身般飛舞。

碰到斑紋的花瓣紛紛變成黑色，落到地上蒸發。被花碰到的地方的毒色素正逐漸消失。

在進行淨化的期間，嘉蕾蘭牽著利迪爾的手，不斷反覆露出像是苦哭，又像是哭著笑的表情，後來舒服地閉上眼睛，把心交給利迪爾。

整個過程沒有花上太長的時間。

侵蝕嘉蕾蘭的斑紋被治癒之花吸收後逐漸消失，在「花之大魔法師」利迪爾的治癒之力下，原本的不治之症竟痊癒如故。

儀式結束後，愛迪斯隊伍也踏上了歸途。

「啟——程！」

伊斯漢大帝騎著戴著裝飾的駿馬。羅榭雷緹亞皇妃則坐在大批士兵和舉著旗子隨從護送的黃金轎子中，但裡面是替身。

羅榭雷緹亞以白鷹的模樣，在王城的高塔上俯視隊伍。

白鷹振翅飛向藍天。

古辛和利迪爾依依不捨地目送他們離開。

†
†
†

四歲的皇子正是頑皮的年紀。

王宣告下課後，他迫不及待地說完「謝謝父王！」便跳下椅子去玩了。

這名利利爾塔梅爾國來的皇子名叫耶爾。

皮膚和古辛同為小麥色，眼珠的顏色也相同。因為有親戚關係，五官也長得有幾分相似，說是古辛的親生兒子也不會不自然。

戰爭後續處理結束後，他們照計畫將耶爾收為養子，立為伊爾．迦納帝國的大皇子。

伊爾．迦納國泰民安，廣大的帝國情勢一年比一年穩定。他們和愛迪斯、埃維司特姆組成華麗的同盟陣容，目前已躋身超大國之列。

在這樣的情況下，利迪爾和古辛必須將耶爾培養成下一任國王。耶爾是古辛祖父兄弟的血脈，具有資格繼承伊爾．迦納帝國的大統。只要有耶爾，古辛拒絕納妾。古辛已解除詛咒，大可生一個自己的孩子，但他還是履行當初收養耶爾的承諾。打算在時機成熟後，就讓耶爾繼承帝位。

古辛早早就安排耶爾學習帝王學。據他說帝王學不是知識，必須耳濡目染。說到這個，聽說埃維司特姆的四王子，利迪爾同父異母的幼弟，現在也在學習如何治理國家。近期會舉行立儲典禮，屆時利迪爾將以「花之大魔法師」的身分前往祝賀。

耶爾皇子有如脫籠而出的小鳥在房裡奔跑，把窗邊的居里嚇得飛到古辛的大腿上。

「父王。父王陛下。說母親的故事給我聽！」

「好。你的母親，也就是我的愛妃，持劍破除詛咒之物，幫愛迪斯王解開詛咒，擊退超大國的軍隊，是個比英雄更英勇的魔法皇妃喔。」

「你可以把我說得更像完美的皇妃嗎！我可是很努力喔。」

「對啊，很努力，是我引以為傲的皇妃。你以後娶妃時，也要選一個像你母后一樣勇敢的妃子喔。」

「**勇敢**，是什麼意思啊？父王陛下。」

「就是無論遇到多麼嚇人的場面，都可以鼓起勇氣堅強面對的意思。」

「結果還是說我很強不是嗎……！」

利迪爾氣呼呼地嘟起嘴巴。

這是他嫁來伊爾·迦納第六年。無論皇妃的職責還是「花之大魔法師」的工作，都已是得心應手。

他希望自己在耶爾心中，是個配得上古辛大帝的皇妃，行事謹慎，充滿大魔法師威嚴的母親，但古辛說的卻完全不是這麼一回事。

「母親很強嗎？」

耶爾眼睛一亮，一下看向古辛，一下又看向利迪爾。勇敢的母親——

「耶爾殿下，來。我帶您去喝水。下一堂是數學課。殿下洗好手了嗎？」

伊多來接耶爾。

雖然古辛和利迪爾才是耶爾的父母，但實際上照顧耶爾起居、哄他睡覺、在哭泣時陪在身邊的都是伊多。伊多說「沒問題。我雖然單身，但已經照顧過一次這種年紀的小王子了」，拐著彎在說利迪爾小時候很難帶。

正當皇子咕嚕咕嚕地喝著杯水時，基於與加爾耶特一役以及戰後處理功績，如今升為城中最年輕大臣的卡爾卡來接他了。

「耶爾殿下，時間到了。我帶您去房間吧。您昨天上課遲到了，應該要先進房間，將紙攤平等待上課才是該有的禮儀。」

耶爾一看到卡爾卡便把杯子塞給伊多，躲到利迪爾身後。

「我要母親教！母親教的比較聽得懂！卡爾卡好可怕！」

「您說什麼?!」

如所見，耶爾不喜歡卡爾卡。

卡爾卡恭謙有禮卻也十分嚴格，總是要求耶爾盡力而為，絕不姑息。

在卡爾卡發怒前，伊多到利迪爾身後將耶爾一把抱起。

「利迪爾殿下很忙。由我為您效勞好嗎？皇太子殿下。」

「好啊，我要伊多教我！」

看著耶爾親密地抱著伊多的頭，還有伊多那一臉得意的表情，卡爾卡毫不避諱地皺起眉頭。

耶爾把伊多的頭頂回去，大聲對伊多說道。

「可是我不要伊多教課本，要你教我劍術！伊多教的課本好無聊！」

這次輪到卡爾卡露出淺淺的微笑看著伊多。

「好。那我們先學數學，再教你揮劍。」

「真的嗎？」

「當然是真的啊。」

不愧是伊多，從容地提出折衷方案，抱著心情很好的耶爾皇子走出房間。卡爾卡一臉不服氣，也嘆著氣走了出去。

利迪爾這才鬆了一口氣。

「卡爾卡之前誇過，說別看耶爾那樣，他可是很聰明的。」

「他說話確實伶俐。在你的養育下當然會如此。」

「伊多也說他的劍法很純熟。在你的養育下一定能成為強大又善良的王。」

利迪爾與古辛四目交接，吻上彼此的唇。利迪爾踮起腳尖，環住古辛的身體，兩人有如春天的野獸般互相磨蹭臉頰。

「吾王。」

花瓣從兩人緊緊相握的手中湧出。
風玩弄著利迪爾的金髮，將花香帶到門外。
他不會停止對古辛傾注愛意。
就像這源源不絕湧出的花瓣一般。

——全書完

版集團
com.tw

·妃與春之覺醒　落花王子的婚禮 2
王妃と春のめざめ　花降る王子の婚礼 2

者　尾上与一
者　yoco
譯　者　劉愛夌
編　輯　薛怡冠
校　對　賴芯葳
美術編輯　彭裕芳
排　版　彭立瑋
版　權　張莎凌、劉昱昕
企　劃　李欣霓

發行人　朱凱蕾
出　版　朧月書版股份有限公司
Hazy Moon Publishing Co., Ltd.
地　址　臺北市內湖區洲子街 88 號 3 樓
網　址　www.gobooks.com.tw
電　話　(02) 27992788
電　郵　readers@gobooks.com.tw（讀者服務部）
傳　真　出版部　(02) 27990909　行銷部 (02) 27993088
郵政劃撥　19394552
戶　名　英屬維京群島商高寶國際有限公司臺灣分公司
發　行　英屬維京群島商高寶國際有限公司臺灣分公司 / Printed in Taiwan
Global Group Holdings, Ltd.
初版日期　2023 年 11 月

國家圖書館出版品預行編目 (CIP) 資料

落雪王妃與春之覺醒　落花王子的婚禮 2 / 尾上与一作；劉愛夌譯．-- 初版．-- 臺北市：朧月書版股份有限公司出版：英屬維京群島商高寶國際有限公司台灣分公司發行，2023.11
面；　公分．--

譯自：雪降る王妃と春のめざめ：花降る王子の婚礼．2

ISBN 978-626-7362-13-6（平裝）

861.57　　112015359

朧月書版

朧月書版